Editorial . . . . ROBERTO JANNARELLI
. . . . ISABEL RODRIGUES
. . . . CAROLINA LEAL
. . . . CAROLINA TORRES
Comunicação . . . . MAYRA MEDEIROS
. . . . GABRIELA BENEVIDES
. . . . JULIA COPPA
. . . . CAROLINA THOMÉ
Revisão . . . . JOÃO RODRIGUES
. . . . GABRIELA MEKHITARIAN
Capa . . . . AMANDA MIRANDA
Projeto gráfico . . . . GIOVANNA CIANELLI
Diagramação . . . . DESENHO EDITORIAL

TRADUÇÃO E NOTAS:
DANIEL TURELA RODRIGUES

ESTÃO UNIDOS POR UM PERIGO EM COMUM:

RAFAEL DRUMMOND
&
SERGIO DRUMMOND

Henry James

A volta do parafuso

NANO

A história nos mantivera, ao redor do fogo, com a respiração devidamente suspensa, mas a não ser pela observação óbvia de que era arrepiante, como, na noite de Natal numa casa velha, um relato misterioso não poderia deixar de ser, não me recordo de ouvir nenhum comentário até que, por acaso, alguém observou que aquele era o único caso de que já ouvira falar em que um fenômeno semelhante havia sucedido a uma criança. O caso, devo dizer, dizia respeito a uma aparição ocorrida numa casa tão velha quanto aquela em que estávamos reunidos — uma aparição, das mais medonhas, testemunhada por um menininho que dormia no quarto da mãe e a acordou apavorado, ao que ela, antes que conseguisse tranquilizá-lo e acalentá-lo até que retomasse o sono, defrontou-se ela própria com a mesma visão que o havia amedrontado. Foi essa observação que suscitou em Douglas — não de imediato, mas no transcorrer da noite — uma reação para cuja interessante consequência chamo a atenção. Outra pessoa contava uma história, esta não particularmente cativante, e notei que ele não prestava atenção. Vi naquilo um sinal de que ele próprio tinha um relato a fazer, e que a nós bastaria esperar. Tivemos, de fato, que aguardar mais duas noites, mas ainda naquela primeira ocasião, antes de nos dispersarmos, Douglas nos revelou o que tinha em mente.

— Com relação ao fantasma de Griffin, ou fosse lá o que fosse, concordo plenamente que o fato de ele ter aparecido primeiro a um menino de tão tenra idade confere ao caso um toque especial. Não se trata, porém, da primeira ocorrência fascinante de que tenho notícia envolvendo uma criança. Se uma única criança dá uma volta a mais ao parafuso de uma história, o que diriam vocês de *duas* crianças?

— Diríamos, é claro — exclamou alguém —, que dão duas voltas! E também que queremos ouvir a história.

Ainda consigo ver Douglas levantando-se, indo até a lareira e voltando-se para seu interlocutor, fitando-o com as mãos nos bolsos.

— Ninguém além de mim a ouviu até hoje. É horrível demais.

Um coro de vozes se ergueu, naturalmente, para declarar que aquilo tornava a história ainda mais valiosa, e nosso amigo, com serena destreza, preparou seu triunfo relanceando os olhos por todos nós antes de prosseguir:

— É absolutamente inigualável. Nada que eu conheça chega aos pés dessa história.

— Em matéria de horror? — lembro-me de ter perguntado.

Ele afirmou que a coisa era mais grave que aquilo e pareceu ter dificuldade em encontrar o termo adequado para qualificar o ocorrido. Passou a mão pelos olhos e contraiu brevemente o rosto num esgar de repulsa.

— Atrocidade! Em matéria de atrocidade.

— Ah! Que delícia! — bradou uma das mulheres.

Douglas a ignorou e voltou o olhar para mim, mas era como se, em meu lugar, estivesse vendo aquilo a que aludia.

— De monstruosidade, repugnância, terror e sofrimento.

— Nesse caso — falei —, queira se sentar e começar.

Ele se virou para o fogo, empurrou um toco de lenha com o pé e passou um instante contemplando-o. Em seguida, voltou-se de novo para nós:

— Não posso. Antes preciso escrever para a cidade.

A declaração foi recebida com um murmúrio unânime e muitos protestos, diante dos quais, com seu ar preocupado, Douglas se explicou:

— A história está escrita. Encontra-se guardada à chave numa gaveta, de onde não sai há anos. Posso escrever a meu criado e pedir-lhe que me envie a chave e o pacote tão logo o encontre.

Foi a mim, em particular, que ele pareceu dirigir a proposta — parecia quase pedir meu auxílio para não hesitar. Havia quebrado uma camada de gelo acumulada por muitos invernos; tivera suas razões para manter aquele longo silêncio. Os outros se queixaram do adiamento, mas foram justamente os escrúpulos de Douglas que me encantaram. Encorajei-o a enviar o recado pelo primeiro correio e a não tardar a combinar conosco um encontro para a leitura; em seguida, perguntei se fora ele mesmo que havia passado pela experiência em questão. Desta vez, sua resposta foi imediata:

— Não, graças a Deus!

— E quanto ao relato? Foi você quem fez o registro?

— Não, se registrei algo, foi apenas a impressão que ele me causou. Trago-a *aqui* — disse, levando a mão ao peito. — Jamais a esqueci.

— E o manuscrito...?

— Está redigido numa velha tinta desbotada, numa caligrafia lindíssima... — Hesitou mais uma vez. — A caligrafia de uma mulher. Morreu há vinte anos, mas antes disso me enviou essas páginas.

Todos o ouviam com atenção agora, e é claro que houve quem fizesse gracejos ou insinuações. No entanto, se os ignorou sem sorrir, Douglas tampouco demonstrou qualquer sinal de irritação.

— Era uma pessoa encantadora, mas dez anos mais velha que eu. Era preceptora da minha irmã — disse num tom suave. — Das mulheres que já conheci que exercem esse ofício, ela foi a mais agradável, e teria sido digna de qualquer ocupação. Isso já faz muito tempo, e o episódio em si é ainda mais antigo. Eu frequentava o Trinity College, e a conheci quando voltei para casa de férias ao fim do segundo ano de aulas. Passei bastante tempo lá aquele verão, que foi magnífico, e em suas horas de folga costumávamos fazer caminhadas pelo jardim e conversar, ocasiões em que me pareceu muitíssimo inteligente e simpática. É verdade, parem com as risadinhas: eu gostava muito dela, e até hoje fico feliz em pensar que ela também devia gostar de mim. Do contrário, não teria confiado essa história a mim. Nunca a havia contado a ninguém. Quanto a isso, não me fio apenas em sua palavra, mas, sobretudo, em meu próprio julgamento: tive certeza, pude sentir que jamais contara a história a outra pessoa. Quando a ouvirem, vocês logo entenderão por quê.

— Por causa do susto que tinha levado?

Douglas continuava me olhando fixamente.

— *Você* logo entenderá.

Encarei-o de volta.

— Entendi. Ela estava apaixonada.

Pela primeira vez, ele riu.

— Como você é esperto. Sim, ela estava apaixonada. Quer dizer, tinha estado. Isso logo ficou claro: seria impossível contar a história sem deixar esse fato transparecer. Logo notei, e ela notou que eu notei, mas nenhum de nós disse nada a respeito. Lembro bem a hora e o lugar: o canto do gramado, a sombra daquelas faias enormes e o calor de uma longa tarde de verão. Estava longe de ser um cenário que inspirasse arrepios, e mesmo assim...

Ele afastou-se da lareira e se deixou cair na poltrona.

— Você vai receber o pacote na quinta-feira pela manhã? — perguntei.

— Provavelmente só vou receber no segundo correio do dia.

— Nesse caso, depois do jantar...

— Vocês todos me encontram aqui? — propôs, correndo mais uma vez os olhos pelo grupo. — Ninguém partirá até lá?

Seu tom era quase esperançoso.

— Vamos todos ficar!

— Eu fico! Eu fico! — exclamaram as senhoras cuja partida já havia sido agendada.

A sra. Griffin, contudo, manifestou seu desejo por um último esclarecimento:

— Por quem ela estava apaixonada?

— A história dirá — respondi, tomando a liberdade.

— Ah, mas não consigo esperar até lá!

— A história *não* dirá — emendou Douglas. — Pelo menos não de modo vulgarmente literal.

— Que pena. Em geral, é só assim que consigo compreender as coisas.

— E *você*, Douglas, não vai contar? — questionou alguém.

Com um pulo, ele se pôs de pé.

— Vou... amanhã. Agora preciso me deitar. Boa noite.

Pegou um castiçal e se retirou num piscar de olhos, deixando-nos um tanto atordoados. Da extremidade do grande salão revestido de lambris escuros em que nos encontrávamos, ouvimos seus passos na escada. A sra. Griffin falou:

— Bem, posso até não saber por quem ela estava apaixonada, mas sei bem por quem *ele* estava...

— Ela era dez anos mais velha — replicou seu marido.

— *Raison de plus*...[1] ainda mais naquela idade! Mas é bastante admirável que tenha mantido a discrição por tanto tempo.

---

1 Em francês, "mais um motivo".

— Quarenta anos! — exclamou Griffin.

— E agora, por fim, esta explosão.

— Esta explosão — acrescentei — fará da noite de quinta-feira uma ocasião memorável.

Todos concordaram comigo a tal ponto que, diante daquela perspectiva, perdemos todo o interesse em qualquer outro assunto. A última história, embora incompleta e mais semelhante à introdução de um folhetim, havia sido contada; trocamos apertos de mão e, "castiçados", como disse alguém, nos recolhemos a nossas camas.

Fiquei sabendo, no dia seguinte, que uma carta contendo a chave fora enviada pelo primeiro correio aos aposentos de Douglas em Londres; mas, a despeito — ou talvez justamente por efeito — da propagação dessa notícia, tratamos de deixá-lo a sós até depois do jantar, isto é, um momento da noite mais adequado ao tipo de emoção em que depositávamos nossas esperanças. Chegada a hora, ele se tornou tão comunicativo quanto poderíamos desejar e, de fato, deu-nos todos os motivos para que assim procedesse. A conferência se deu mais uma vez diante da lareira do salão, o mesmo cenário onde havíamos partilhado daqueles suaves encantamentos na noite anterior. Ao que parecia, a narrativa que ele nos prometera ler de fato exigia, para seu melhor entendimento, um preâmbulo. Aproveito para esclarecer, de uma vez por todas, que é essa mesmíssima narrativa, segundo uma transcrição fiel que eu mesmo fiz muito tempo depois, o que se lerá nestas páginas. O pobre Douglas, em seu leito de morte — quando esta era iminente —, confiou-me o manuscrito que lhe chegou às mãos no terceiro daqueles dias de nossa estada e que, no mesmo local e com grande efeito, ele se pôs a ler para nosso pequeno e compenetrado círculo na noite do quarto dia. As senhoras que estavam de partida, embora tivessem dito que ficariam, naturalmente — e para nossa sorte — não o fizeram: partiram, por força das combinações já feitas, mordidas de curiosidade, segundo declararam, em virtude dos pequenos detalhes com que Douglas nos havia atiçado. No entanto, isso apenas contribuiu para tornar mais compacta e seleta a pequena plateia resultante, mantendo-nos, diante da lareira, num estado compartilhado de entusiasmo.

O primeiro desses detalhes era a informação de que o manuscrito partia de um ponto em que, de certo modo, a história já havia se iniciado. O fato a ser observado, portanto, era que sua velha amiga, a mais moça das numerosas filhas de um pobre pároco provinciano, havia, aos vinte anos e à procura do primeiro emprego como professora, viajado para Londres, cheia de apreensão, a fim de responder pessoalmente a um anúncio que já a levara a travar um breve contato por correspondência com o anunciante. Esse indivíduo, quando ela compareceu para uma entrevista na Harley Street, numa casa que a impressionou pelo tamanho e pela imponência — esse empregador em potencial se revelou um cavalheiro solteiro e na flor da idade, uma figura tal qual jamais havia surgido, salvo em sonho ou num romance antigo, diante de uma moça trêmula e ansiosa recém-chegada de um presbitério em Hampshire. Seu perfil era de fácil definição, sendo daqueles que, por sorte, não se extinguem jamais. Bonito, confiante e simpático, jovial, gentil e espontâneo. Ela o julgou galante e belíssimo, como era inevitável, mas o que mais a encantou e lhe infundiu a coragem que mais adiante demonstraria foi a maneira como ele apresentou a coisa toda, como se se tratasse de uma espécie de favor, uma obrigação que ele contrairia de bom grado para com ela. Ela o imaginou não apenas rico, mas terrivelmente extravagante — via-o imerso num esplendor de alta-costura, boa aparência, hábitos dispendiosos e maneiras sedutoras com as mulheres. Sua residência na cidade era um casarão repleto de espólios de viagens e troféus de caça; mas era para sua casa de campo, uma velha propriedade familiar em Essex, que desejava que a moça partisse o quanto antes.

Havia sido encarregado, em decorrência da morte dos pais das crianças na Índia, da tutela de um sobrinho e uma sobrinha pequenos, filhos de um irmão mais novo que se dedicara à carreira militar e morrera dois anos antes. As crianças estavam, de um jeito bem peculiar para alguém na condição dele — um homem solteiro desprovido da experiência adequada e de um pingo que fosse de paciência —, numa situação de profunda dependência de seus cuidados. A coisa havia se transformado numa grande fonte de preocupação e, de sua parte, sem dúvida, de desacertos, mas ele tinha muita pena dos pobrezinhos e já havia feito o possível para ajudá-los; julgando ser o campo o lugar mais apropriado para eles, enviara-os para sua outra casa e lá os mantinha desde o princípio, sob os cuidados das melhores pessoas que pôde encontrar, chegando até mesmo a abrir mão de alguns de seus criados para que pudessem cuidar das crianças, e sempre que possível fazendo visitas para se certificar de que estavam bem. O problema era que, para agravar o fato de que os dois praticamente não tinham outros parentes, os negócios tomavam todo o seu tempo. Instalara-os na casa de Bly, um lugar saudável e seguro, e nomeara como responsável pela residência — no que se referia aos afazeres domésticos — uma mulher excelente, a sra. Grose, com quem estava convicto de que a visitante teria uma boa relação e que havia sido criada de sua mãe. Além de atuar como governanta, estava temporariamente incumbida de cuidar da menininha, a quem, como não tinha filhos, era felizmente muitíssimo apegada. Havia muitas pessoas para ajudar, mas é claro que a jovem que assumisse o posto de preceptora gozaria da máxima autoridade. No período de férias, também caberia a ela vigiar o garotinho, que passara o semestre num colégio interno — era novo demais para viver longe de casa, mas o que se podia fazer? — e que, como o período letivo estava prestes a se encerrar, em breve estaria de volta. Inicialmente, estivera cuidando dos irmãos uma jovem que eles tinham tido a infelicidade de perder. Tratara-os com admirável zelo — era uma pessoa respeitabilíssima — até sua morte, um acontecimento de tal modo inesperado que não havia deixado alternativa senão mandar o pequeno Miles para o internato. A sra. Grose, desde então, fazia o possível para ensinar boas maneiras e não deixar nada faltar a Flora; além dela, a casa contava com uma cozinheira, uma criada, uma granjeira, um velho pônei, um velho estribeiro e um velho jardineiro, todos igualmente respeitáveis.

Douglas havia apresentado o quadro até esse ponto quando alguém o interrompeu com uma pergunta.

— E de que morreu a antiga preceptora? Excesso de respeitabilidade?

A resposta de nosso amigo foi imediata.

— Isso virá à tona. Não quero antecipar nada.

— Perdoe-me, mas pensei que era justamente o que estivesse fazendo.

— Se eu estivesse no lugar da sucessora — insinuei —, iria gostar de saber se o cargo acarretava...

— Um risco à vida? — Douglas completou meu pensamento. — Pois ela não só quis saber, como também obteve uma resposta. Vocês descobrirão amanhã qual foi. Nesse meio-tempo, é claro, a ideia lhe pareceu um tanto sombria. Era uma moça jovem, inexperiente, nervosa: a perspectiva era de grandes responsabilidades e pouca companhia; na verdade, de profunda solidão. Hesitou, levando alguns dias para ponderar e se aconselhar sobre o assunto. O salário oferecido, no entanto, excedia em muito suas modestas expectativas, e, numa segunda entrevista, ela conteve seus temores e aceitou a proposta.

Douglas, nesse ponto, fez uma pausa que, em nome do grupo, me impeliu a intervir:

— A moral da história, claro, é que o belíssimo rapaz a seduziu. Ela sucumbiu a seus encantos.

Ele se levantou e, tal como havia feito na noite anterior, aproximou-se da lareira, cutucou um pedaço de lenha com o pé e, pelos instantes seguintes, manteve-se com as costas viradas para nós.

— Ela só o viu duas vezes.

— E é justamente essa a beleza de sua paixão.

Pegando-me um pouco de surpresa, Douglas virou-se para mim.

— *Era* a beleza. Outras — prosseguiu — não haviam sucumbido. Ele foi franco com ela quanto a suas dificuldades, que residiam no fato de que as condições do emprego haviam sido proibitivas para diversas candidatas. De uma forma ou de outra, elas acabavam intimidadas. O trabalho soava estranho e enfadonho, principalmente em decorrência de sua condição principal.

— Que era...?

— Que sob hipótese alguma ela o perturbasse: demandas, queixas, cartas, tudo isso estaria proibido; ela deveria resolver por conta própria toda e qualquer questão, receber de seu procurador as remessas de dinheiro, se responsabilizar pela coisa toda e deixá-lo em paz. Ela prometeu que o faria e me confessou que quando, aliviado e encantado, ele segurou sua mão por um momento, agradecendo-lhe o sacrifício, aquilo já lhe bastou como recompensa.

— Mas a recompensa foi só essa? — perguntou uma das senhoras.

— Ela nunca mais o viu.

— Ah! — exclamou a senhora.

E foi essa, visto que nosso amigo novamente nos deixou mais que depressa, a última palavra relevante proferida sobre o assunto, até que, na noite seguinte, ao pé da lareira, na melhor poltrona, Douglas abriu a desbotada capa vermelha de um álbum fino e antiquado de corte dourado. A leitura completa tomou mais de uma noite, mas já na primeira a mesma senhora fez outra pergunta.

— Qual é o título?

— Não tenho um título.

— Ah! Pois *eu* tenho — disse eu.

Porém Douglas, sem me dar atenção, já havia começado a ler, com uma voz tão límpida que parecia traduzir para nossos ouvidos a beleza da caligrafia de sua autora.

Capítulo 1

Me lembro de todo o início como uma sucessão de voos e quedas, uma pequena gangorra de boas e más palpitações. Depois de, na cidade, ter reunido coragem suficiente para atender ao apelo dele, vivi, sob todos os aspectos, alguns dias terríveis — dei por mim titubeando de novo, tomada pela certeza de que havia cometido um erro. Foi nesse estado de espírito que passei as longas horas de viagem numa diligência sacolejante, rumo à parada onde um veículo da casa deveria me buscar. Fui informada de que tal comodidade já havia sido providenciada, e encontrei, naquele entardecer de junho, um cabriolé confortável à minha espera. Trafegando àquela hora, num dia lindo, em meio a paisagens campestres às quais a doçura do verão parecia me dar as boas-vindas, meu ânimo se revigorou, e, quando dobramos na estradinha de acesso, foi tomado por um alívio que, creio eu, era antes uma evidência das profundezas a que havia chegado. Acho que eu esperara, ou temera, me deparar com algo tão melancólico que o que de fato encontrei representou uma agradável surpresa. Me lembro da ótima impressão que me causou a fachada ampla e elegante, as janelas abertas com suas cortinas imaculadas e duas criadas olhando para fora; me lembro do gramado, das flores viçosas, do ruído das rodas do cabriolé sobre o cascalho, das copas de árvores quase unidas, acima das quais as gralhas voavam em círculos e grasnavam no céu dourado. A imponência da cena a tornava algo bem distinto de meu singelo lar, e imediatamente assomou à porta, de mãos dadas com uma menininha, uma pessoa de modos corteses que se curvou numa reverência tão cerimoniosa quanto se eu fosse a dona da casa ou uma visita ilustre. Em Harley Street, eu recebera uma descrição mais modesta do lugar, e aquela primeira impressão, quando mais tarde relembrei a entrevista, me fez considerar o proprietário ainda mais cavalheiresco e pensar que minhas perspectivas talvez fossem mais aprazíveis do que aquilo que ele havia prometido.

Meu ânimo só voltaria a sofrer uma queda no segundo dia, pois as horas seguintes, dedicadas a conhecer minha pupila mais nova, foram nada menos que triunfantes. Logo de início, a menininha que acompanhava a sra. Grose me pareceu uma criatura tão adorável que cheguei a me sentir privilegiada de tê-la sob meus cuidados. Era a criança mais bonita que eu já tinha visto, e mais tarde fiquei me perguntando por que meu patrão não havia me contado mais a seu respeito. Dormi pouco naquela noite, de tão entusiasmada; essa sensação também me surpreendeu, lembro bem, e custou a se dissipar, o que só contribuiu para a impressão de generosidade que eu tinha do modo como estava sendo tratada. O quarto grande e imponente, um dos melhores da casa, a enorme cama de dossel, que me parecia quase digna de um chefe de Estado, as profusas cortinas estampadas, os espelhos altos em que pude me ver pela primeira vez da cabeça aos pés, tudo isso me parecia — tal como o encanto extraordinário de minha pequena discípula — uma exorbitância de privilégios. Outro privilégio, claríssimo desde o primeiro momento, seria minha relação com a sra. Grose, que prometia ser amistosa, ao contrário do que eu havia temido durante o trajeto de ida no cabriolé. De fato, a única entre essas primeiras impressões que poderia ter feito renascer minhas inseguranças era a evidente felicidade dela em me ver. Bastou meia hora para eu notar que ela — uma mulher corpulenta, simples, de aparência discreta, mas aprumada e de constituição sadia — estava tão feliz que chegava a se esforçar para não deixar a emoção transparecer. Já naquele momento, cheguei a me questionar sobre suas motivações para dissimular seu contentamento e, tivesse eu alimentado tais reflexões e desconfianças, sem dúvida teria voltado a ficar apreensiva.

Contudo, era um alívio saber que nenhuma apreensão poderia estar associada a algo tão celestial como a imagem radiante da minha menininha, e é provável que sua beleza angelical explicasse mais do que qualquer outra coisa a inquietude que, antes do amanhecer, me fez por diversas vezes me levantar da cama e vagar pelo quarto para refletir sobre as circunstâncias e o que me aguardava; para contemplar, da janela aberta, o alvorecer veranil ainda tímido, examinar todas as partes da casa que eu fosse capaz de enxergar dali, apurar o ouvido — enquanto os primeiros pássaros começavam a cantar naquele lusco-fusco que já se diluía — na tentativa de captar a possível recorrência de um ou dois ruídos, menos naturais e não exteriores, mas internos, que eu pensava ter ouvido. Em dado momento, julgara ter reconhecido, tênue e distante, o grito de uma criança; em outro, fora arrancada do sono pelo que me pareceu ser o rumor de passos leves diante da porta do quarto. Tais impressões, no entanto, não eram nítidas a ponto de não ser possível descartá-las, e é somente à luz, ou, a bem dizer, à sombra de outras ocorrências posteriores que agora elas me voltam à lembrança. Vigiar, ensinar e "formar" a pequena Flora constituiria, sem dúvida, a fonte de uma vida útil e feliz. Ficara combinado à minha chegada que, como era natural, seria eu, à exceção daquela primeira ocasião, a responsável por vigiá-la durante as noites, e sua caminha branca já havia sido instalada em meu quarto com essa finalidade. Eu estaria plenamente encarregada de seus cuidados, e ela havia permanecido uma última vez com a sra. Grose apenas em consideração a minha inevitável condição de estranha e à timidez natural da menina. Apesar da timidez — que a própria criança, do modo mais admirável, havia encarado com perfeita franqueza e coragem, permitindo, sem nenhum sinal de constrangimento e, na verdade, com a profunda e amável serenidade das santas crianças de Rafael, que fosse debatida, atribuída a ela e levada em consideração —, eu estava convicta de que ela acabaria se afeiçoando a mim. Parte da simpatia que eu já nutria pela sra. Grose era resultado do evidente prazer que ela tinha em constatar a admiração e o deslumbre que eu sentia à mesa de jantar, sentada diante de quatro velas compridas e de minha pupila, que, instalada numa cadeira alta e provida de um babador, me observava com alegria por entre as velas, enquanto comia pão e tomava leite. Naturalmente, havia coisas que, na presença de Flora, só podíamos comunicar uma à outra por meio de olhares prodigiosos e satisfeitos, alusões obscuras e indiretas.

— E o menininho, é parecido com a irmã? Também é extraordinário como ela?

Não convém lisonjear tanto uma criança em sua presença.

— Ah, *muitíssimo*. Se a senhorita já está encantada com esta aqui!

E, já de pé e com um prato na mão, a sra. Grose ficou encarando com um sorriso nossa companheira, que voltava ora para uma, ora para a outra os olhos plácidos e celestiais que em nada nos censuravam.

— Sim...?

— Pois ficará deslumbrada com o pequeno cavalheiro!

— Bem, creio que foi para isso mesmo que vim até aqui: para me deslumbrar. Só receio — lembro que um impulso me induziu a acrescentar — que eu seja uma presa fácil do deslumbramento. Foi o que ocorreu em Londres!

Ainda consigo ver a expressão no rosto largo da sra. Grose enquanto absorvia o que eu havia dito.

— Na Harley Street?

— Na Harley Street.

— Bem, a senhorita não é a primeira... e tampouco será a última.

— Ah, eu não teria essa pretensão — retruquei, encontrando ânimo para rir. — De todo modo, meu outro pupilo, pelo que entendi, retorna amanhã?

— Amanhã, não; sexta-feira. Será trazido, assim como foi a senhorita, numa diligência, aos cuidados do condutor, e o mesmo cabriolé vai buscá-lo.

Sugeri prontamente que o mais adequado, além de delicado e de bom tom, seria que, quando a carruagem de aluguel chegasse, eu já estivesse à espera dele junto com sua irmãzinha, uma ideia que a sra. Grose aprovou com tanto entusiasmo que acabei por interpretar sua reação como uma espécie de garantia reconfortante — graças a Deus, jamais desmentida! — de que estaríamos de acordo em todas as questões. Ah, como ela estava feliz com minha presença!

O que senti no dia seguinte não foi, creio, nada que pudesse ser propriamente chamado de uma reação à alegria de minha chegada; é provável que não passasse de uma leve opressão causada por uma percepção mais completa das dimensões — conforme eu as circundava, estudava e assimilava — de minhas novas circunstâncias. Elas tinham, por assim dizer, uma extensão e um volume para os quais eu não havia me preparado, e em cuja presença me vi, mais uma vez, tão ligeiramente assustada quanto ligeiramente orgulhosa. É claro que as lições, com toda essa agitação, sofreram algum atraso; ponderei que meu primeiro dever era, por meio dos expedientes mais sutis que fosse capaz de conceber, conquistar a confiança da menina. Passei o dia com ela ao ar livre; combinamos, para sua imensa satisfação, que seria ela, e somente ela, a responsável por me mostrar a propriedade. Assim o fez, passo a passo, cômodo a cômodo, segredo a segredo, com cômicas e deliciosas explanações infantis, e dentro de meia hora já havíamos nos tornado grandes amigas. Apesar da tenra idade da garotinha, fiquei impressionada, durante nossa breve excursão, com a confiança e a coragem que ela demonstrava, com o modo como, ao me conduzir por aposentos vazios e corredores monótonos, escadas tortuosas que me faziam trepidar e até mesmo rumo ao cimo de uma velha torre quadrada e provida de ameias que me causou vertigem —, sua música matinal e sua disposição para me contar muito mais do que me perguntava reverberavam e me conduziam adiante. Não retornei a Bly desde o dia em que parti, e acredito que hoje a casa pareceria um tanto encolhida aos meus olhos mais vividos e experientes. Naquele dia, porém, enquanto minha pequena cicerone, com seu cabelo dourado e seu vestido azul, rodopiava à minha frente pelas quinas e pelos corredores da propriedade, o que me pareceu foi que passeávamos por um castelo encantado habitado por uma fada cor-de-rosa, o tipo de lugar capaz de subtrair, para uma mente juvenil, toda a graça dos livros de histórias e dos contos de fadas. Não seria tudo aquilo um mero livro de histórias por cima do qual eu havia adormecido e mergulhado num sono delirante? Não: era mesmo uma casa imensa, feiosa e antiquíssima, mas habitável, que guardava vestígios de uma construção ainda mais antiga, em parte substituídos, em parte reaproveitados, e na qual eu tinha a impressão de estarmos quase tão perdidos quanto um grupo de passageiros a bordo de um enorme navio à deriva. A questão era que, por uma estranha obra do acaso, quem estava ao leme era eu!

Capítulo 2

Isso ficou nítido para mim quando, dois dias depois, fui de cabriolé com Flora recepcionar, como dissera a sra. Grose, o pequeno cavalheiro; e principalmente em razão de um incidente que ocorrera na segunda noite e me deixara profundamente abalada. Como já relatei, o primeiro dia havia sido, de modo geral, tranquilizador; no entanto, eu estava fadada a vê-lo se encerrar numa terrível apreensão. Ao anoitecer, recebi pelo correio — que chegou com atraso — uma carta que, embora redigida por meu patrão, continha, além de umas poucas palavras, outra missiva, esta endereçada a ele e com o selo ainda intacto. "Esta, pelo que reconheci, é do diretor do colégio, um sujeito terrivelmente maçante. Leia-a e entenda-se com ele, por gentileza, mas lembre-se: nada de relatos. Nem uma palavra. Lavo minhas mãos!" Depois de um longo tempo às voltas com o selo, consegui por fim abrir o envelope e levei para meu quarto a carta, que só fui ler pouco antes de me deitar. Quisera eu ter esperado até o amanhecer, pois seu conteúdo me custou mais uma noite de sono. Sem ninguém a quem recorrer, passei o dia seguinte angustiada, até que, por fim, não suportei e resolvi me abrir ao menos com a sra. Grose.

— O que significa isso? O menino foi afastado do colégio.

Ela me lançou um olhar que no mesmo instante me chamou a atenção; em seguida, assumindo mais que depressa uma expressão de incompreensão, pareceu tentar voltar atrás.

— Mas eles não foram todos...?

— Mandados para casa, sim. Mas só para as férias. É possível que Miles jamais retorne.

Consciente de que eu a observava, ela enrubesceu.

— Eles não vão aceitá-lo de volta?

— Pelo que dizem, não vão sequer reconsiderar a decisão.

Ao ouvir isso, a sra. Grose ergueu os olhos, que havia afastado de mim, e vi que se enchiam de lágrimas caridosas.

— Mas o que foi que ele fez?

Hesitei, mas acabei achando melhor simplesmente lhe entregar a carta — ao que, no entanto, ela reagiu recolhendo as mãos e balançando a cabeça com pesar.

— Essas coisas não são para mim, senhorita.

Minha conselheira não sabia ler! Tive vergonha de meu deslize, que atenuei como pude, e abri de novo a carta a fim de lê-la em voz alta; em seguida, após hesitar por um instante, tornei a dobrá-la e guardá-la no bolso.

— Ele é mesmo *mau*?

Ainda havia lágrimas em seus olhos.

— É o que dizem os cavalheiros?

— Eles não entram em detalhes. Dizem apenas que lamentam ser impossível mantê-lo. E isso só pode significar uma coisa...

A sra. Grose, que me ouvia numa muda comoção, absteve-se de perguntar qual seria aquele significado, de modo que, para pôr a questão em termos coerentes e com nada além de sua presença para me auxiliar, acrescentei:

— Que ele representa uma ameaça aos colegas.

Ao ouvir isso, numa dessas guinadas abruptas das pessoas simples, ela de repente se inflamou.

— O senhor Miles! *Ele*, uma ameaça?

A abundância de boa-fé em sua reação era tamanha que, muito embora eu ainda nem tivesse visto o menino, meus próprios temores me levaram a concluir que a ideia era absurda. A fim de me pôr em sintonia com minha amiga, me vi rebatendo, sarcástica:

— Para os pobres e inocentes coleguinhas!

— Que coisa abominável — exclamou a sra. Grose — dizer essas crueldades! Ora, o menino mal completou dez anos.

— Sim, tem razão; chega a ser difícil de acreditar.

Ela ficou nitidamente agradecida por essa afirmação.

— Experimente conhecê-lo, senhorita. Então veja se acredita!

Fui tomada por uma nova ânsia de conhecê-lo; era o princípio de uma curiosidade que, no decorrer das horas seguintes, se intensificaria até converter-se em algo semelhante a um tormento. A sra. Grose, consciente, como pude notar, do efeito que havia produzido em mim, prosseguiu com determinação:

— Se assim for, o mesmo poderá ser dito da mocinha. Benza-a Deus. — E acrescentou: — *Olhe só* para ela!

Virei e vi que Flora, que eu deixara havia apenas dez minutos na sala de estudos com uma folha em branco, um lápis e alguns modelos de "O's bem redondinhos", havia aparecido à porta. Manifestava, com seu jeitinho gracioso, um extraordinário desinteresse por tarefas entediantes, e, no entanto, me encarava com uma radiante luz infantil que parecia justificar esse fato como um simples resultado da afeição que havia cultivado por mim e que a compelira a me seguir. Não foi preciso mais que essa visão para que eu fosse atingida em cheio pela força da comparação da sra. Grose, e, tomando minha pupila nos braços, cobri-a de beijos que continham um soluço de arrependimento.

Mesmo assim, passei o resto do dia à procura de uma nova oportunidade para me aproximar de minha colega, sobretudo depois que, ao cair da noite, comecei a desconfiar de que ela vinha me evitando. Lembro que a alcancei na escada; descemos juntas e, segurando-a pelo braço, detive-a tão logo chegamos ao andar de baixo.

— Pelo que me disse ao meio-dia, concluí que *a senhora* nunca testemunhou o mau comportamento dele.

Ela atirou a cabeça para trás; a essa altura, já havia, de modo muito claro e franco, adotado uma atitude.

— Ah, nunca não... Jamais diria isso!

Fiquei outra vez desconcertada.

— Então a senhora já presenciou...

— Mas é claro, senhorita, graças a Deus!

Depois de refletir por um instante, aceitei o que ela me dizia.

— A senhora quer dizer que um menino que nunca...

— Não é um menino para mim!

Apertei com mais força seu braço.

— A senhora gosta de meninos que têm coragem de fazer malcriação? — perguntei, e, antecipando a resposta, engatei com entusiasmo: — Eu também! No entanto, não a ponto de contaminar...

— Contaminar?

A palavra inusitada a deixou confusa. Esclareci:

— Corromper.

A sra. Grose ficou me olhando enquanto assimilava aquilo; por fim, soltou uma risada extravagante.

— A senhorita tem medo de que ele a corrompa?

A pergunta foi feita com um humor tão refinado e audacioso que, com um riso sem dúvida um tanto apalermado, para espelhar o dela, cedi, por um instante, à apreensão do ridículo da situação. No dia seguinte, porém, quando se aproximava a hora de meu compromisso, surpreendi-a em outro canto da casa.

— Como era a moça que esteve aqui antes?

— A última preceptora? Também era jovem e bela... quase tão jovem e bela quanto a senhorita.

— Ah, então espero que a juventude e a beleza dela a tenham ajudado! — Lembro que deixei escapar. — Ele parece gostar de moças jovens e belas!

— Ah, é verdade! — concordou a sra. Grose. — Era bem esse o perfil de que ele gostava! — Mas, mal proferira essas palavras, retificou: — De que ele *gosta*, quero dizer... o patrão.

Aquilo me intrigou.

— Mas a quem a senhora se referiu primeiro?

Ela assumiu um ar de incompreensão, porém enrubesceu.

— Ora, a *ele*.

— Ao patrão?

— E a quem mais seria?

Era tão óbvio que ela não poderia estar se referindo a mais ninguém que no instante seguinte eu já havia esquecido minha impressão de que ela havia deixado escapar mais do que pretendia; limitei-me, portanto, a perguntar o que queria saber:

— *Ela* chegou a ver no menino alguma coisa...

— De errado? Não que jamais tenha comentado.

Fui tomada por um escrúpulo, mas logo o superei:

— E ela era cuidadosa... exigente?

A sra. Grose pareceu tentar medir bem as palavras.

— Em certos aspectos, sim.

— Mas não em todos?

Mais uma vez, ela parou para refletir.

— Bom, senhorita... ela não está mais aqui. Não quero ser linguaruda.

— Compreendo perfeitamente seus sentimentos — apressei-me em replicar; em seguida, porém, não vi razão para não prosseguir: — Ela morreu aqui?

— Não, foi embora.

Eu não saberia precisar o quê, mas algo na brevidade da sra. Grose me soou ambíguo.

— Foi embora para morrer?

Ela tinha o olhar pregado na janela, mas considerei que, hipoteticamente, eu tinha o direito de saber o que se esperava das jovens contratadas para trabalhar em Bly.

— A senhora quer dizer que ela adoeceu e voltou para casa?

— A menos que se saiba, ela não adoeceu aqui. Partiu no fim do ano para, em suas palavras, passar uns dias em casa, mais que merecidos, aliás, pelo tempo que passou aqui. Tínhamos uma aia à época, uma jovem boazinha e inteligente, e foi *ela* quem assumiu os cuidados das crianças durante aquele intervalo. Mas nossa jovem preceptora nunca mais voltou e, justo quando eu esperava seu retorno, o patrão me comunicou que ela havia morrido.

Pensei um pouco naquilo.

— Mas de quê?

— Ele nunca me contou! Mas, se me dá licença, senhorita — disse a sra. Grose —, preciso voltar ao trabalho.

Capítulo 3

Felizmente, a brusquidão com que a sra. Grose me dera as costas não representou, apesar de minhas legítimas preocupações, uma afronta capaz de deter o progresso da estima que sentíamos uma pela outra. Após eu trazer para casa o pequeno Miles, compartilhamos um momento mais íntimo do que nunca em consequência da estupefação que me dominava, da minha prontidão para reputar como monstruoso o fato de que uma criança como a que acabava de se revelar a mim tivesse recebido aquela punição. Cheguei um pouco atrasada para encontrá-lo, e tive a impressão, ao vê-lo olhando ao redor com ar de desalento em frente à porta da estalagem em que a diligência o deixara, de distinguir de imediato naquele menininho, tanto por fora quanto por dentro, o esplendor de frescor, a mesma fragrância benéfica de pureza que desde o primeiro momento eu vislumbrara na irmãzinha dele. O garoto era incrivelmente belo, e a sra. Grose tinha toda a razão: tudo o que não fosse uma espécie de paixão enternecida por ele era varrido diante de sua presença. O que fez com que, naquela hora e naquele lugar, ele conquistasse meu coração foi algo divino que jamais encontrei em grau semelhante em outra criança — seu ar infantil de quem nada conhece no mundo senão o amor. Jamais alguém com a reputação manchada exibira uma inocência tão doce, e, de volta a Bly em sua companhia, continuei em estado de perplexidade — nos momentos, é claro, em que não me sentia indignada — diante da lembrança da carta guardada a chave numa gaveta em meu quarto. Assim que pude falar com a sra. Grose em particular, declarei que aquilo era grotesco.

Ela me compreendeu imediatamente:

— A senhorita se refere àquela acusação cruel...?

— Não se sustenta nem por um instante. Minha cara, olhe só para esse menino!

Ela sorriu de minha pretensão de ter descoberto o encanto de Miles.

— Pode ter certeza de que não faço outra coisa! O que a senhorita dirá, então? — emendou.

— Em resposta à carta? — Eu já havia me decidido: — Nada.

— E ao tio dele?

Fui incisiva:

— Nada.

— E ao próprio menino?

Fui magnífica:

— Nada.

Com um gesto enérgico, a sra. Grose limpou os lábios com o avental.

— Pois a senhorita pode contar com meu apoio. Estamos juntas nessa.

— Estamos juntas nessa! — repeti com vigor, estendendo-lhe a mão para selar a promessa.

Ela me deteve nessa posição por um momento e, em seguida, tornou a erguer o avental com a mão livre.

— A senhorita se incomodaria se eu tomasse a liberdade...

— De me dar um beijo? Não! — respondi e, envolvendo aquela boa criatura nos braços, dei-lhe um abraço fraternal que me deixou ainda mais fortalecida e indignada.

E foi assim que as coisas transcorreram durante algum tempo: um tempo tão intenso que, ao revivê-lo, percebo toda a arte a que hoje preciso recorrer para lhe conferir um pouco de nitidez. O que me espanta, em retrospecto, é a situação que aceitei. Eu me comprometera, junto com minha companheira, a solucionar o problema, e parecia estar sob efeito de um fascínio capaz de atenuar a extensão e as implicações remotas e difíceis de tal empreendimento. Eu me deixara raptar por uma onda imensa de inebriamento e piedade. Em minha ignorância, minha confusão e talvez mesmo minha presunção, supunha que não fosse ter dificuldade em lidar com um menino cuja educação para o mundo estava apenas começando. Já nem consigo me recordar de minha proposta para o término de suas férias e a retomada de seus estudos. Ele haveria de ter aulas comigo naquele verão encantador, com isso todos estávamos de acordo; mas, hoje, sinto que por semanas quem desempenhou o papel de aluna fui eu. Aprendi algo — pelo menos de início — que ainda não havia figurado entre os ensinamentos de minha vidinha sufocada: aprendi a me divertir, e até mesmo a divertir, e a não pensar no amanhã. Era a primeira vez, de certo modo, que eu conhecia o espaço, o ar livre e a liberdade, toda a música do verão e todo o mistério da natureza. Havia, além do mais, a consideração — e como essa consideração era doce! Ah, era uma armadilha — involuntária, mas profunda mesmo assim — para a minha imaginação, a minha delicadeza, talvez até para a minha vaidade; para tudo que havia em mim de mais suscetível. A melhor maneira de descrever a coisa toda é dizer que baixei a guarda. As crianças me davam tão pouco trabalho — eram de uma meiguice tão extraordinária. Eu costumava especular — mesmo nesses momentos, porém, com certo grau de afastamento — sobre o modo como o futuro cruel (pois todos os futuros o são!) haveria de tratá-las e, porventura, feri-las. Estavam na flor da saúde e da felicidade; e, no entanto, como se eu tivesse a meu cargo um casal de pequenos fidalgos, dois príncipes de sangue que devessem ser protegidos e acobertados a todo custo, a única forma que, na minha imaginação, os anos vindouros poderiam assumir para eles era a de um prolongamento romântico e verdadeiramente régio daqueles jardins e daquele parque. É possível, é claro, que aquilo que desestabilizou de súbito aquele período inicial empreste a esse tempo anterior uma sublime impressão de calmaria — aquele silêncio peculiar à iminência de uma investida. A mudança foi, de fato, como o bote de uma fera.

Nas primeiras semanas, os dias eram compridos; não raro, proporcionavam-me o que eu costumava chamar de "um momento só meu", o intervalo em que, tendo meus pupilos tomado chá e se deitado, me restavam, antes de eu também me recolher, alguns breves momentos sozinha. Por mais que eu gostasse de meus companheiros, aquela era minha parte favorita do dia, que me encantava ainda mais nas vezes em que, à medida que a luz se extinguia — ou, melhor dizendo, que o dia se demorava e os últimos cantos dos últimos pássaros emanavam, contra o céu purpúreo, das velhas árvores —, eu podia dar uma volta pelos jardins e apreciar, quase com um sentimento de posse que me divertia e me lisonjeava, a beleza e a dignidade daquele lugar. Era um prazer, nesses momentos, me sentir tão tranquila e legitimada, tal como o era, sem dúvida, refletir que, graças à minha discrição, à minha recatada sensatez e ao meu senso geral de decoro, eu estava dando prazer — se é que ele pensava nisso! — àquele a cujas demandas eu havia atendido. O que eu estava fazendo era o que ele expressa e encarecidamente desejara e me pedira que fizesse, e o fato de que, afinal de contas, eu me descobria capaz de cumprir aquelas expectativas se revelou uma alegria ainda maior do que eu havia antecipado. Em suma, via a mim mesma, confesso, como uma jovem extraordinária, e me confortava acreditar que dali em diante esse fato só se tornaria mais evidente aos olhos dos outros. Bem, era preciso ser extraordinária para fazer frente às ocorrências extraordinárias que logo, logo dariam seus primeiros sinais.

Tudo começou num entardecer, bem no meio de um daqueles momentos só para mim: as crianças estavam na cama, e eu tinha saído para dar meu passeio. Um dos pensamentos que, como revelo agora sem nem pensar duas vezes, costumava me acompanhar nessas caminhadas era que me deparar com alguém seria tão encantador quanto a mais encantadora das histórias. De repente, alguém apareceria na curva de uma vereda e, encarando-me, sorriria e balançaria a cabeça num gesto de aprovação. Eu não pedia nada além disso — que esse alguém *soubesse*; e a única maneira de ter certeza disso seria ver essa consciência, bem como a luz amistosa produzida por ela, estampada em seu belo rosto. Era exatamente isso o que ocupava minha imaginação — o rosto dessa pessoa, quero dizer — quando, na primeira dessas ocasiões, ao fim de um longo dia de junho, interrompi o passo ao emergir de um dos pomares e me defrontar com a casa. O que me fez estacar — com um susto muito maior do que jamais poderia ter previsto num devaneio — foi a impressão de que, num piscar de olhos, minhas fantasias haviam se transformado em realidade. Lá estava ele! — porém, numa altura considerável, além do gramado, no cimo da torre à qual, naquela primeira manhã, a pequena Flora me conduzira. Essa torre fazia par com outra — estruturas quadradas, incongruentes, entrecortadas por ameias e conhecidas, por algum motivo, embora eu mal visse a diferença entre elas, como a nova e a velha. Situavam-se em lados opostos da casa e davam a impressão de serem absurdos arquitetônicos, atenuados de leve apenas pelo fato de que não eram de todo dessemelhantes e tampouco de uma altura demasiadamente extravagante, e datados, a julgar por sua antiguidade afetada, de um período de revivalismo romântico que já remontava, ele próprio, a um passado respeitável. Eu não só as admirava como cultivava fantasias a seu respeito: todos nós, em certa medida, nos deleitávamos com a imponência — especialmente quando as torres se destacavam contra o crepúsculo — de suas fortificações autênticas; ainda assim, não me parecia que uma altura daquelas fosse o local mais apropriado para o aparecimento da figura que tantas vezes eu havia invocado.

Me recordo bem que aquele vulto produziu em mim, no entardecer ainda claro, dois arroubos nitidamente distintos de emoção: os choques da minha primeira e da minha segunda surpresa. A segunda foi motivada por uma percepção violenta do equívoco da primeira: o homem que me olhava de volta não era a pessoa que eu supusera com tamanha precipitação. Minha visão, por consequência, foi acometida por um aturdimento do qual, passados tantos anos, não me resta nenhuma imagem que me permita tentar ilustrá-lo com vivacidade. Um desconhecido num lugar solitário é uma fonte de medo incontestável para uma jovem criada num ambiente familiar; e a figura que me encarava era — bastaram alguns segundos para que eu tivesse certeza — tão diferente de qualquer pessoa que eu conhecia quanto o era da imagem que povoava minha imaginação. Eu não a vira na Harley Street — nem lá, nem em lugar nenhum. Como se não bastasse, o lugar, da maneira mais estranha que se possa imaginar, transformou-se, num átimo, e pela simples ocorrência daquela aparição, no mais solitário ermo. A mim, pelo menos, que dou meu testemunho com uma deliberação com que jamais o fiz, todo o sentimento daquele momento retorna. Foi como se, enquanto eu assimilava aquilo que assimilei, todo o restante da cena tivesse sido tocado pela morte. Ainda sou capaz de ouvir, enquanto escrevo, o silêncio absoluto em que mergulharam os sons daquele fim de tarde. As gralhas pararam de grasnar no céu dourado, e aquele momento agradável perdeu, por um instante indescritível, toda a sua voz. Não se via, porém, nenhuma outra alteração na natureza, a menos que assim se pudesse designar o fato de que eu enxergava com uma curiosa nitidez. O dourado ainda persistia no céu, a limpidez no ar, e o homem que me fitava do alto das ameias era tão nítido quanto um retrato numa moldura. Foi assim que repassei, com extraordinária rapidez, cada uma das pessoas que ele podia ser e não era. Defrontamo-nos à distância por tempo mais que suficiente para que eu me interrogasse com todo o afinco a respeito de sua identidade, e sentisse, como efeito de minha incapacidade de chegar a uma resposta, um assombro que em questão de segundos se intensificou.

A grande pergunta, ou uma delas, que costuma ser feita na esteira de certos eventos diz respeito, eu sei, a sua duração. Bem, o evento em questão, pense-se dele o que se quiser, durou o bastante para que eu considerasse uma dezena de possibilidades, nenhuma capaz de amenizar, até onde eu pudesse ver, o fato de haver na casa — e havia quanto tempo, acima de tudo? — uma pessoa cuja presença eu ignorava. Durou o bastante para que eu sentisse um princípio de indignação ao refletir que meu cargo pressupunha que não houvesse margem nem para tal ignorância, nem para tal presença. Durou o bastante para que esse visitante, fosse quem fosse — e havia um elemento de estranha liberdade, pelo que me lembro, na familiaridade sugerida pelo fato de ele não usar chapéu —, parecesse me observar fixamente, do alto da torre, com a mesma interrogação, o mesmo olhar escrutinador, na luz cada vez mais tênue, que sua presença suscitava em mim. A distância era grande demais para que usássemos a voz, mas houve um momento em que, se estivéssemos mais próximos, algum tipo de desafio, rompendo o silêncio, teria sido a consequência natural da nossa troca direta de olhares. Ele estava na extremidade mais afastada da casa, muito ereto, pelo que eu podia ver, e com as mãos apoiadas no parapeito. Eu o enxergava tal como enxergo as letras que traço nesta página; então, passado exatamente um minuto, como se desejasse intensificar o espetáculo, ele mudou de posição — passou, encarando-me com insistência enquanto o fazia, para o canto oposto da plataforma. Sim, tive a nítida impressão de que não descravou os olhos de mim em nenhum momento durante esse deslocamento, e ainda consigo ver o modo como sua mão, conforme ele avançava, passava de uma ameia para outra. O homem parou na extremidade oposta, porém por menos tempo, e mesmo ao se virar continuou me olhando fixamente. Depois virou-se, e isso foi tudo o que pude ver.

Capítulo 4

Não que eu não tenha, nessa ocasião, aguardado algum desdobramento, visto que estava tão abalada que mal conseguia me mover. Haveria um "segredo" em Bly – um mistério de Udolpho ou algum parente louco mantido secretamente em confinamento?[2] Não sei dizer por quanto tempo fiquei ruminando essas ideias, nem por quanto tempo, imersa numa confusão de curiosidade e terror, permaneci no local onde se dera o encontro; lembro apenas que, quando finalmente entrei em casa, a escuridão já era quase absoluta. Nesse meio-tempo, sem dúvida, eu havia sido completamente dominada e impelida por um estado de intensa agitação, pois, andando em círculos pelo lugar, devo ter percorrido uns cinco quilômetros; no entanto, eu estava fadada a experimentar angústias tão piores que esse mero despontar de apreensão foi um pavor relativamente humano. De fato, o aspecto mais singular – não que o restante não o tenha sido – do episódio foi aquele de que, no vestíbulo, me dei conta ao me deparar com a sra. Grose. É

---

2 *Os mistérios de Udolpho*, de Ann Radcliffe, publicado em 1794 e logo consagrado como um dos mais célebres romances góticos de seu tempo, apresenta terrores que brotam de uma imaginação alimentada por coincidências; já em *Jane Eyre*, de 1847 e de autoria de Charlotte Brontë, o sr. Rochester mantém a esposa enlouquecida trancada no sótão.

associada a uma sucessão de outras imagens que esta me vem à mente — a impressão que tive, ao retornar, do amplo espaço revestido de lambris brancos, bem iluminado pela chama das lamparinas, com seus retratos e seu tapete vermelho, e do olhar contente de surpresa de minha amiga, que imediatamente me disse que havia dado pela minha falta. Percebi de saída, ao encontrá-la, com base em sua recepção calorosa e sua expressão de puro alívio diante do meu retorno, que ela não fazia ideia de nada que pudesse guardar qualquer relação com o incidente que eu trazia na ponta da língua. Eu não imaginara que o rosto bondoso da sra. Grose pudesse me deter, e foi só ao perceber minha relutância em mencionar o ocorrido que, de algum modo, pude medir a gravidade do que havia testemunhado. Quase nada em toda essa história me parece tão curioso quanto o fato de a verdadeira origem do meu medo estar atrelada, por assim dizer, ao instinto de poupar minha colega. Assim, em questão de segundos, naquele agradável vestíbulo e com os olhos da sra. Grose pregados em mim, tomei, por um motivo que à época eu não saberia traduzir em palavras, uma resolução — ofereci um vago pretexto para minha demora e, invocando a beleza da noite, o denso orvalho e meus pés molhados, recolhi-me mais que depressa ao quarto.

Ali a história foi outra; ali, por dias e dias, a coisa correu do modo mais esquisito possível. Havia horas, todos os dias — ou, pelo menos, momentos, furtados até mesmo das obrigações mais impreteríveis —, em que eu tinha de me recolher para pensar. Por ora, a questão não era que eu estivesse mais nervosa do que podia aguentar, mas, antes, que eu temia horrivelmente chegar a esse ponto; pois a verdade que teria agora de remoer era, simples e claramente, o fato de que eu seria incapaz de chegar a qualquer elucidação acerca do visitante com quem esbarrara de maneira tão inexplicável e, no entanto, ao que me parecia, tão íntima. Não tardou muito para eu perceber que poderia sondar, sem a necessidade de interrogatórios ou observações inconvenientes, qualquer complicação doméstica. O choque que sofri deve ter aguçado todos os meus sentidos; convenci-me, ao fim de três dias e por obra apenas de uma atenção redobrada, de que não havia sido alvo de nenhuma trama por parte dos criados, tampouco de qualquer tipo de "brincadeira". Fosse lá o que era aquilo que eu tinha descoberto, ao meu redor nada se sabia a seu respeito. Só me restava uma conclusão razoável: alguém havia tomado uma liberdade das mais grosseiras. Era isso que, nas incontáveis vezes que me trancafiava em meu quarto, eu dizia a mim mesma. Fôramos todos, coletivamente, vítimas de uma intrusão; algum viajante inescrupuloso, interessado em casas antigas, entrara sem ser notado, apreciara a vista do melhor ponto de observação e, feito isso, escapulira de maneira igualmente furtiva. Se havia me encarado com tamanho atrevimento, isso nada mais era que uma prova de sua indiscrição. A boa notícia, afinal de contas, era que com certeza não voltaríamos a vê-lo.

Reconheço que a notícia não era tão boa a ponto de turvar minha consciência de que, no fundo, o que fazia com que todo o resto parecesse insignificante era apenas o encanto de que constituía meu trabalho. Esse encanto era simplesmente o convívio com Miles e Flora, e nada me deleitava mais nesse convívio do que a sensação de que nele eu encontrava um refúgio para todos os meus problemas. O carisma de meus pequenos pupilos era uma alegria constante, levando-me a reconsiderar com espanto a futilidade de meus temores originais, a insatisfação que eu havia começado a sentir ao imaginar a provável monotonia enfadonha do meu cargo. Não haveria monotonia, ao que parecia, nem tampouco uma rotina de aborrecimentos; logo, como poderia deixar de ser encantador um trabalho que se apresentava sob a forma de uma beleza cotidiana? Tudo se resumia ao romance do quarto das crianças e à poesia da sala de estudos. Não quero dizer com isso, é claro, que estudávamos apenas ficção e versos; quero dizer que não vejo outra maneira de exprimir o tipo de interesse que meus companheiros me inspiravam. Como descrevê-lo senão dizendo que, em vez de me acostumar a eles — e, em se tratando de uma preceptora, isso é nada menos que um milagre: invoco o testemunho de minhas irmãs de ofício! —, eu fazia novas descobertas a todo momento? Havia uma direção, é bem verdade, em que essas descobertas não progrediam: uma escuridão profunda continuava a encobrir o assunto do comportamento do menino no colégio. Já de início me fora oferecida, como já observei, a possibilidade de enfrentar esse mistério sem nenhum sobressalto. Talvez seja mais próximo à verdade dizer que — sem proferir uma palavra —

o próprio Miles esclarecera o assunto. Ele havia tornado toda a acusação absurda. Minha conclusão florescera junto do autêntico rubor de sua inocência: ele era simplesmente bom e puro demais para o mundinho horrendo e imundo da escola, e havia pagado um preço alto por isso. Ponderei com muita clareza que a consciência de tais diferenças, de tais superioridades de caráter, por parte da maioria — talvez incluindo até mesmo diretores sórdidos e estúpidos —, acabava infalivelmente assumindo ares de vingança.

As duas crianças possuíam uma delicadeza — era o único defeito delas, e isso nunca fez de Miles um palerma — que as tornava (como posso dizer?) quase impessoais e, sem dúvida, profundamente irrepreensíveis. Eram como os querubins daquela velha anedota, que não tinham — moralmente, pelo menos — onde levar palmada! Me lembro de ter a impressão, sobretudo com relação a Miles, de que ele não tinha, por assim dizer, nada que se assemelhasse a uma história. É esperado que a história de uma criança pequena seja incipiente, mas havia naquele rapazinho lindo algo de extraordinariamente sensível e, no entanto, extraordinariamente feliz que, mais do que em qualquer outra criatura de sua idade que eu tenha conhecido, me dava a impressão de que ele começava do zero a cada dia. Jamais, por um segundo que fosse, havia sofrido. Interpretei esse fato como prova incontestável de que ele não fora de fato punido. Se tivesse se comportado mal, teria sido repreendido, e eu, por tabela, perceberia — teria notado algum indício, algum estigma de desonra. No entanto, eu não distinguia absolutamente nada, de modo que Miles só podia ser um anjo. Ele nunca falava do colégio, nunca mencionava um colega ou professor; e eu, de minha parte, estava indignada demais para fazer qualquer alusão a eles. Estava, sem dúvida, enfeitiçada, e o mais fascinante é que, mesmo à época, eu tinha plena consciência disso. No entanto, entreguei-me a esse feitiço; era um antídoto contra qualquer dor, e não eram poucas as que me afligiam. Eu vinha, naqueles dias, recebendo cartas com notícias preocupantes de casa, onde as coisas não andavam bem. Enquanto estivesse na companhia das minhas crianças, o que mais no mundo haveria de importar? Era essa a pergunta que eu costumava fazer em meus momentos de solidão. Estava deslumbrada com a graciosidade dos dois.

Houve um domingo — para prosseguir — em que choveu com tanta força e por tantas horas que não conseguimos ir à igreja; logo, eu havia combinado com a sra. Grose que, caso o tempo melhorasse ao cair da tarde, iríamos juntas ao culto vespertino. A chuva felizmente parou, e me aprontei para nossa caminhada, que, cruzando o parque e tomando a estrada boa até o vilarejo, levaria cerca de vinte minutos. Enquanto descia a escada para encontrar minha colega no vestíbulo, lembrei-me de um par de luvas que havia precisado de três pontos, o que fiz — com uma publicidade talvez não muito edificante — enquanto aguardava as crianças tomarem o chá, servido aos domingos, excepcionalmente, naquele frio e espaçoso templo de mogno e latão que era a sala de jantar dos "mais velhos". As luvas tinham ficado lá, e voltei para apanhá-las. O dia estava bastante cinzento, mas a luz da tarde ainda perdurava, o que me permitiu, ao transpor a soleira, não apenas reconhecer, sobre uma poltrona próxima à ampla janela, então fechada, os artigos que eu buscava, como também perceber a presença de uma pessoa do lado de fora da janela, olhando diretamente para dentro. Bastou dar um passo na sala; minha visão foi instantânea; não me restaram dúvidas. O indivíduo que olhava fixamente para o interior da casa era o mesmo que já havia aparecido antes para mim. Aparecia desta vez, não direi que com maior nitidez, pois teria sido impossível, mas com uma proximidade que representava um avanço em nossa interação e que me fez, ao me defrontar com ele, perder o fôlego e gelar. Era o mesmo — era o mesmo e, tal como na ocasião anterior, mostrava-se apenas da cintura para cima, visto que a janela, embora a sala de jantar estivesse no andar térreo, não descia até a varanda onde ele estava. Tinha o rosto quase encostado ao vidro e, no entanto, o efeito dessa visão mais clara foi, curiosamente, justo o de revelar como a primeira ocorrência havia sido intensa. Ele não permaneceu ali mais que alguns segundos — o bastante, porém, para me convencer de que também havia me visto e me reconhecido, bem como para me dar a impressão de que eu já havia passado anos a observá-lo e o conhecia desde sempre. No entanto, desta vez aconteceu algo que não havia ocorrido antes; seu olhar, cravado em meu rosto e atravessando a vidraça e a sala, era tão firme e penetrante quanto da outra vez, porém se despregou de mim por um momento, durante o qual, acompanhando-o, vi-o pousar sucessivamente em diversos cantos da sala. Veio-me, na mesma hora, o choque adicional da certeza de que não era por mim que ele viera. Estava ali à procura de outra pessoa.

O lampejo dessa compreensão — pois era uma compreensão em meio ao pavor — produziu em mim o efeito mais extraordinário, suscitando imediatamente uma súbita vibração de dever e coragem. Digo coragem porque eu já estava, sem sombra de dúvida, inteiramente fora de mim. Precipitei-me pela porta da sala de jantar, alcancei a principal, cheguei num instante à alameda e, cruzando o mais depressa que pude a varanda, contornei a quina da casa, o que me descortinou a vista do lado de fora da janela. Mas já não havia nada para ver ali — meu visitante desaparecera. Parei onde estava, quase me deixando tombar de tão aliviada; resolvi, porém, correr os olhos pela cena, dando tempo para que ele reaparecesse. Digo que lhe dei tempo, mas quanto tempo terá sido? Sou incapaz, hoje, de dar um parecer a respeito da duração desses acontecimentos. Devo ter perdido a capacidade de medir o tempo: não é possível que tenham durado tanto quanto me parece. A varanda e o espaço ao redor, o gramado e o jardim além dele, o trecho do parque que me era visível dali, tudo estava tomado por um grande vazio. Havia arbustos e árvores grandes, mas lembro-me da minha convicção de que o homem não se ocultava atrás de nada disso. Ou se mostraria ou não se mostraria: como não o via, concluí que tinha ido embora. Considerei esse fato; então, por instinto, em vez de dar meia-volta e voltar pelo mesmo caminho, me aproximei da janela. Tinha a percepção confusa de que devia me colocar no mesmo lugar onde o homem estivera. Foi o que fiz; encostei o rosto no vidro e olhei, tal como ele havia olhado, para dentro da sala. Nesse momento, como se desejasse me dar a noção precisa da visão dele, a sra. Grose, assim como eu fizera instantes antes, adentrou na sala vinda do vestíbulo. Tive, assim, a visão completa de uma repetição do ocorrido. Do mesmo modo que eu vira meu visitante, ela me viu; tal como eu fizera, estacou; dei-lhe um susto bastante semelhante àquele que eu mesma havia levado. Ela empalideceu, o que me levou a me questionar se eu também havia perdido a cor daquela maneira. Em suma, encarou-me e recuou exatamente como eu fizera, de modo que eu soube que ela sairia e viria a meu encontro, e que só me restava aguardá-la. Fiquei onde estava e, enquanto esperava, uma boa quantidade de pensamentos passou pela minha cabeça. Há só um, porém, que julgo merecer minha menção. Fiquei me perguntando por que *ela* tinha se assustado tanto.

Capítulo 5

Ah, isso ela esclareceu assim que dobrou a quina da casa e voltou a surgir à minha vista.

— Pelo amor de Deus, o que está acontecendo...?

Estava agora afogueada e ofegante.

Não respondi até que ela estivesse bem próxima.

— Comigo? — perguntei, com uma expressão que deve ter sido magnífica. — Estou diferente?

— Está branca como um lençol. E com uma cara medonha.

Refleti um instante; diante das circunstâncias, eu era capaz de fazer frente, sem escrúpulos, à mais cândida inocência. A necessidade de respeitar a pureza vicejante da sra. Grose resvalara sem ruído dos meus ombros, e, se hesitei por um instante, não foi por receio do que eu pudesse revelar a ela. Estendi a mão e ela a tomou; abracei-a com força por alguns instantes, gostando de senti-la perto de mim. Havia algo de consolador no seu arquejo tímido e surpreso.

— A senhora estava me procurando para irmos à igreja, é claro, mas não tenho condições de ir.

— Aconteceu alguma coisa?

— Sim. Já está na hora de a senhora saber. Minha cara estava muito estranha?

— Na janela? Aterrorizante!

— Bem — disse eu —, tenho andado com medo.

Os olhos da sra. Grose deixavam nítido que ela não tinha o menor desejo de sentir o mesmo, e que, no entanto, tinha demasiada consciência de suas responsabilidades para se furtar a compartilhar comigo qualquer inconveniência significativa. Ah, estava mais do que claro que ela *precisava* compartilhá-la!

— O que a senhora viu agora mesmo da sala de jantar foi efeito disso. O que *eu* vi, logo antes, foi muito pior.

Ela apertou minha mão.

— O que era?

— Um homem estranhíssimo. Olhando para dentro de casa.

— Que homem estranhíssimo?

— Não faço a mínima ideia.

A sra. Grose olhou inutilmente ao redor.

— E para onde ele foi?

— Sei menos ainda.

— A senhorita já o tinha visto antes?

— Sim... uma vez. Na torre velha.

Sua única reação foi cravar com ainda mais intensidade os olhos em mim.

— A senhorita quer dizer que é um desconhecido?

— Totalmente desconhecido!

— E ainda assim não me disse nada?

— Não... tive meus motivos. Mas agora que a senhora já sabe...

Os olhos redondos da sra. Grose objetaram essa acusação.

— Eu não sei de nada! — rebateu, com simplicidade. — Como poderia, se nem mesmo *a senhorita* tem ideia?

— Nem a mais vaga.

— E o único local onde o viu foi na torre?

— E bem aqui, ainda agora.

A sra. Grose olhou em volta mais uma vez.

— O que ele fazia na torre?

— Só ficou parado me encarando.

Ela pensou um pouco.

— Era um cavalheiro?

Percebi que não precisava pensar.

— Não — disse, e a interrogação em seu olhar se intensificou. — Não era.

— Alguém das redondezas, então? Do vilarejo?

— Ninguém... ninguém. Eu não disse nada à senhora, mas tratei de me certificar.

Vagamente aliviada, ela suspirou: por mais estranho que parecesse, aquela era uma boa notícia. No entanto, isso representava apenas um pequeno avanço.

— Mas se ele não é um cavalheiro...

— Então o que é? Um horror.

— Um horror?

— Ele é... Valha-me Deus se eu souber o que ele é!

A sra. Grose tornou a olhar em volta; fixou a vista na distância mais penumbrosa e, em seguida, recompondo-se, voltou-se para mim com uma brusquidão inesperada.

— Já é hora de estarmos na igreja.

— Ah, não estou em condições de ir à igreja!

— Não vai fazer bem à senhorita?

— É com eles que...

Indiquei a casa com a cabeça.

— As crianças?

— Não posso deixá-las agora.

— Está com medo...?

Respondi sem hesitar:

— Estou com medo *dele*.

Nesse momento, o rosto largo da sra. Grose me revelou, pela primeira vez, o lampejo tênue e distante de uma consciência mais aguda: vislumbrei nele, de algum modo, o despontar tardio de uma ideia que não fora eu quem havia inspirado e que ainda me era bastante obscura. Lembro-me agora de pensar imediatamente naquilo como algo que eu poderia extrair dela, algo que eu pressentia ter relação com o desejo que ela logo demonstrou de saber mais.

— Quando foi que ocorreu o episódio da torre?

— Em meados deste mês. Nesta mesma hora.

— Quando já estava quase escuro — disse a sra. Grose.

— Ah, não, nada disso. Eu o vi como estou vendo a senhora.

— E como foi que ele entrou, então?

— E como foi que saiu? — retruquei, com uma risada. — Não tive a oportunidade de perguntar! Hoje, em compensação — continuei —, não conseguiu entrar.

— Ele só espia?

— Espero que pare por aí!

A sra. Grose, que havia soltado minha mão, fez menção de se retirar. Aguardei um instante e falei:

— Vá à igreja a senhora. Até mais. Preciso vigiar as crianças.

Lentamente, ela se voltou para mim.

— A senhorita teme por elas?

Trocamos mais um olhar demorado.

— A senhora *não*?

Em vez de responder, ela se aproximou da janela e, por alguns instantes, manteve o rosto colado à vidraça.

— Vê só como ele podia ver tudo? — prossegui enquanto isso.

Ela não se mexeu.

— Quanto tempo ele ficou aqui?

— Até eu sair. Vim até aqui à procura dele.

A sra. Grose enfim se virou, e seu rosto exibia uma expressão ainda mais intensa.

— Eu *jamais* teria tido a coragem.

— Nem eu! — respondi, tornando a rir. — Mas vim. Tenho um dever a cumprir.

— E eu também — replicou ela; em seguida, acrescentou: — Como é esse sujeito?

— É tudo o que mais desejo dizer à senhora. Mas ele não se parece com ninguém.

— Ninguém? — repetiu.

— Ele não usa chapéu.

Então, vendo em seu semblante que ela já traçava, diante dessa informação e com uma apreensão ainda maior, o esboço de um retrato, apressei-me a acrescentar novas pinceladas.

— Tem o cabelo ruivo, muito ruivo e encaracolado, e um rosto pálido e alongado, com traços regulares, finos, e suíças curtas um tanto excêntricas, tão ruivas quanto o cabelo. As sobrancelhas, por algum motivo, são mais escuras; parecem especialmente arqueadas e capazes de se mexer um bocado. Os olhos são penetrantes, estranhos... medonhos; mas só posso dizer com certeza que são bem pequenos e muito inertes. A boca é larga; os lábios, finos, e, à exceção das diminutas suíças, tem o rosto todo barbeado. Lembra, de certa forma, um ator.

— Um ator!

Naquele momento, a sra. Grose não poderia estar mais distante dessa imagem.

— Nunca conheci nenhum, mas é assim que os imagino. É alto, ágil, aprumado — prossegui. — Mas não é, sob hipótese alguma, um cavalheiro.

O rosto de minha companheira empalidecera enquanto eu falava; seus olhos redondos se arregalaram, a boca dócil escancarou-se.

— Um cavalheiro? — gaguejou, confusa, estupefata. — Um cavalheiro, *ele*?

— Quer dizer que a senhora o conhece?

Ela tentava visivelmente se conter.

— Mas ele é mesmo *bonito*?

Entendi como poderia auxiliá-la.

— Extraordinariamente!

— E se veste...

— Com as roupas de outra pessoa. São elegantes, mas não pertencem a ele.

Ela soltou um gemido arfante de afirmação.

— São do patrão!

Aproveitei a deixa.

— Então o conhece *mesmo*?

Ela titubeou por um breve instante.

— Quint! — exclamou.

— Quint?

— Peter Quint, o criado pessoal dele quando estava aqui!

— Quem, o patrão?

Ainda boquiaberta, porém respondendo com diligência aos meus questionamentos, a sra. Grose concatenou os fatos.

— Ele nunca usou chapéu, mas usava... bem, demos por falta de alguns coletes. Os dois estiveram juntos aqui no ano passado. Depois o patrão foi embora e Quint ficou sozinho.

Intervim, não sem hesitar.

— Sozinho?

— Sozinho *conosco* — esclareceu; então, como se retirasse as palavras de profundezas mais recônditas, acrescentou: — No comando.

— E o que aconteceu com ele?

Ela demorou tanto a responder que fiquei ainda mais intrigada.

— Também se foi — disse por fim.

— Foi para onde?

Sua expressão, então, tornou-se extraordinária.

— Só Deus sabe para onde! Ele morreu.

— Morreu? — perguntei, quase berrando.

Ela pareceu se endireitar, fincar com mais firmeza os pés no chão, antes de enunciar o fato estarrecedor:

– Sim. O sr. Quint está morto.

Capítulo 6

É claro que foi preciso mais do que aquela conversa específica para nos colocar frente a frente com o que agora teríamos de conviver: minha terrível sensibilidade a impressões da natureza que fora tão vividamente exemplificada, e o fato de que, dali em diante, minha companheira estava a par — uma consciência parte consternação, parte compaixão — dessa suscetibilidade. Não houve, naquele fim de tarde, depois de a revelação me deixar completamente prostrada por uma hora — não houve, de nossa parte, presença em outro culto que não uma pequena liturgia de lágrimas e votos, preces e promessas, a culminância de uma série de desafios e compromissos mútuos a que nos entregamos tão logo nos recolhemos à sala de estudos e lá nos fechamos a fim de esclarecer a coisa toda. O resultado desse esclarecimento foi tão somente reduzir nossa situação ao rigor último de seus elementos. A sra. Grose não vira nada, nem sequer a sombra de uma sombra, e ninguém na casa além da preceptora vivia o drama da preceptora; contudo, ela aceitou, sem questionar diretamente minha sanidade, a verdade tal como lhe apresentei, e acabou me demonstrando, no que se referia ao assunto, uma ternura impregnada de assombro, uma expressão de reconhecimento de meu mais que questionável privilégio, cujo vigor guardo ainda hoje na lembrança como a mais doce das caridades humanas.

O que ficou estabelecido entre nós naquela noite, portanto, foi que nos julgávamos aptas a suportar juntas todos os acontecimentos; e eu nem sequer estava segura, apesar de sua imunidade, de que era a sra. Grose quem carregava o menor dos fardos. Eu já tinha consciência àquela altura, creio, tanto quanto viria a ter mais adiante, daquilo de que era capaz para proteger meus pupilos; levei algum tempo, porém, para ter certeza absoluta do que minha honesta aliada estava disposta a enfrentar a fim de honrar um contrato tão comprometedor. Eu era uma companhia estranha — tão estranha quanto a companhia que eu mesma vinha tendo; mas, ao recapitular tudo aquilo por que passamos, compreendo o quanto devemos ter encontrado guarida na única ideia que, por sorte, foi capaz de nos tranquilizar. Foi essa ideia, o segundo movimento, que me resgatou, por assim dizer, das profundezas de meu pavor. Pude respirar um pouco de ar fresco no pátio, pelo menos, e a sra. Grose juntou-se a mim. Lembro-me agora com perfeição da maneira exata como recobrei as forças antes de nos recolhermos para dormir. Tínhamos repassado incontáveis vezes cada pormenor do que eu vira.

— Pelo que me disse, ele estava à procura de outra pessoa... alguém que não a senhorita?

— Estava à procura do pequeno Miles — respondi, tomada por uma clareza assustadora. — Era *ele* que o sujeito procurava.

— Mas como a senhorita sabe?

— Eu sei, eu sei, eu sei! — respondi, cada vez mais exaltada. — E *a senhora* também sabe, minha cara!

A sra. Grose não negou, e senti que eu nem sequer precisava de uma confirmação. Ela voltou a falar logo depois:

— E se *ele* o vir?

— O pequeno Miles? Pois é o que ele deseja!

Ela voltou a tomar um ar apavorado.

— O menino?

— Deus nos livre! O homem. Quer aparecer para eles.

Que ele fosse capaz disso era uma ideia horripilante, e, no entanto, de algum modo eu era capaz de impedir que aquilo se concretizasse, o que, aliás, cheguei perto de comprovar no decorrer da nossa conversa. Eu tinha absoluta certeza de que voltaria a ver o que já havia visto, mas algo dentro de mim me dizia que, ao me oferecer resolutamente como o único objeto de tal experiência, ao aceitar, convidar e transcender tudo que ela implicava, eu serviria como vítima expiatória e asseguraria a tranquilidade do restante da casa. Sobretudo no que dizia respeito às crianças, eu trataria de resguardá-las e preservá-las como me fosse possível. Recordo uma das últimas coisas que disse naquela noite à sra. Grose.

— Confesso que me intriga que meus pupilos jamais tenham mencionado...

Ela me olhou com dureza, enquanto eu, contemplativa, suspendi o raciocínio.

— Que ele esteve aqui e o tempo que passaram com ele?

— O tempo que passaram com ele, o nome, a presença, a história dele, qualquer coisa. Nunca fizeram nenhum comentário a respeito.

— Ah, a mocinha não se lembra. Jamais ficou sabendo.

— Das circunstâncias da morte dele? — Refleti com certa intensidade. — Talvez não. Mas Miles deve se lembrar... Miles deve saber.

— Ah, não o interrogue! — A sra. Grose deixou escapar.

Retribuí seu olhar.

— Não tenha medo. — Enquanto continuava a refletir, completei: — É de fato *bastante* curioso.

— Que o menino nunca tenha mencionado?

— Nunca, nem a menor alusão. E a senhora está me dizendo que eles eram "amicíssimos"?

— Ah, mas não por iniciativa *dele*! — declarou a sra. Grose, enfática. — Eram caprichos do Quint. Brincar com ele, quero dizer... mimá-lo. — Fez uma pausa, e em seguida acrescentou: — Quint tomava muitas liberdades.

Essas palavras, evocando à memória a visão de seu rosto — e *que* rosto! —, produziram em mim uma sensação súbita de náusea.

— Tomava muitas liberdades com o *meu* menino?

— Com todo mundo!

Abstive-me, por ora, de me dedicar à análise dessa descrição para além da consideração de que também se aplicava aos demais residentes da casa, a meia dúzia de criadas e empregados que ainda integravam nossa pequena colônia. No entanto, contribuía para atenuar nossa apreensão o fato alentador de que nenhuma lenda desagradável, nenhum transtorno envolvendo serventes de cozinha, jamais havia sido associado, até onde todos lembravam, àquela casa velha e aprazível. O lugar não tinha o nome nem a reputação manchados, e a sra. Grose, ao que tudo indicava, estava satisfeita em se apegar a mim e estremecer em silêncio. No fim das contas, ainda fiz questão de testá-la. Era meia-noite, e ela já estava com a mão pousada na maçaneta da porta da sala de estudos, prestes a se retirar.

— Só para confirmar, pois é de suma importância: a senhora atesta que ele era definitiva e reconhecidamente um mau sujeito?

— Ah, reconhecidamente, não. *Eu* sabia, mas o patrão, não.

— E a senhora nunca contou?

— Bem, ele não gostava de fofoca... detestava queixas. Era terrivelmente ríspido nessas questões, e se a pessoa o tratava bem...

— Ele pouco se importava com o resto?

Isso condizia perfeitamente com a impressão que eu tivera dele: um cavalheiro pouco afeito à resolução de problemas, e talvez não muito exigente com relação a algumas das companhias que mantinha. Mesmo assim, pressionei minha interlocutora:

— Pois lhe garanto que *eu* teria contado!

Ela percebeu minha censura.

— Creio que tenha sido um erro. Mas a verdade é que eu estava com medo.

— Medo de quê?

— Do que aquele homem era capaz de fazer. Quint era tão esperto... tão ardiloso.

Aquilo me afetou provavelmente mais do que deixei transparecer.

— A senhora não teve medo de mais nada? Como a influência dele...

— Influência? — repetiu ela, com uma expressão de angústia e expectativa, enquanto eu hesitava.

— Sobre vidinhas tão preciosas e inocentes. As crianças estavam sob a guarda da senhora.

— Não estavam, não! — replicou, categórica e angustiada. — O patrão confiava nele e o transferiu para cá porque dizia que ele não estava bem de saúde e o ar do campo lhe faria bem. Era ele, portanto, quem dava a palavra final. Sim — reconheceu —, até mesmo sobre *elas*.

— As crianças... aquela criatura? — exclamei, reprimindo a muito custo uma espécie de uivo. — E a senhora tolerava isso?

— Não. Achava intolerável... e ainda acho! — disse a pobre mulher, e desfez-se em lágrimas.

A partir do dia seguinte, como já mencionei, exercemos uma rígida vigilância sobre as crianças; no decorrer da semana, porém, com que frequência e que fervor reatamos o assunto! Por mais que o tivéssemos debatido naquela noite de domingo, eu continuara, sobretudo durante as horas seguintes — pois pode-se imaginar se fui capaz de pregar os olhos —, a ser perseguida pela sombra de algo que ela deixara de me contar. Eu, da minha parte, não ocultara nada, mas havia uma palavra que a sra. Grose havia ocultado. Além disso, tive certeza, ao amanhecer, de que aquilo não se devia a uma falta de franqueza, e sim ao fato de que estávamos cercadas por todos os lados de temores. Realmente, ao olhar em retrospecto, tenho a impressão de que, quando o sol do dia seguinte ia alto, eu já havia depreendido de maneira incansável, a partir dos fatos que se apresentavam diante de nós, quase todo o significado que eles viriam a adquirir em decorrência de acontecimentos posteriores e ainda mais cruéis. O que eles me revelavam, acima de tudo, era apenas a figura sinistra do homem vivo — o morto teria que aguardar um pouco! — e dos meses que ele havia passado em Bly, os quais, ao todo, constituíam uma temporada digna de nota. O limite desse período maléfico só havia chegado quando, ao alvorecer de uma manhã de inverno, Peter Quint foi encontrado, por um trabalhador que saíra cedo de casa, morto junto à estrada que conduzia ao vilarejo: uma catástrofe explicada — ao menos superficialmente — por uma ferida visível na cabeça; ferida esta que poderia ser resultante — e que, segundo concluíra a investigação, de fato o era — de um escorregão fatal, no escuro, ao sair da taverna, sofrido numa encosta íngreme e coberta de gelo, um caminho absolutamente equivocado, ao pé da qual seu corpo jazia. O declive escorregadio, o passo em falso na noite escura num estado de embriaguez ajudavam a elucidar o ocorrido — ao fim e ao cabo, após o inquérito e infindáveis boatos, elucidavam-no quase por completo; havia, porém, aspectos de sua vida, passagens e perigos estranhos, distúrbios secretos e vícios mais do que suspeitados, capazes de explicar muito mais.

Não sei bem como traduzir minha história em palavras que componham um retrato verossímil do meu estado de espírito, mas, naqueles dias, sentia-me literalmente capaz de encontrar alegria no extraordinário ato de heroísmo que a ocasião exigia de mim. Percebia agora que havia sido encarregada de um serviço admirável e difícil, e haveria uma grandeza em demonstrar — a quem fosse digno de tal! — que eu podia ter sucesso numa tarefa em que muitas outras jovens teriam fracassado. Era uma imensa ajuda — confesso que chego a me dar os parabéns quando olho para trás! — o fato de que eu via meu trabalho com tanta segurança e simplicidade. Eu estava lá para proteger e defender as criaturinhas mais frágeis e amáveis do mundo, cujo desamparo continha um apelo que de súbito se tornara explícito em toda a sua plenitude, uma dor profunda e constante em meu coração amolecido. Estávamos isolados juntos; unidos por um perigo em comum. Os dois não tinham nada além de mim, e eu — bem, eu tinha a *eles*. Tratava-se, em suma, de uma oportunidade magnífica. Essa oportunidade se apresentava a mim sob a forma de uma imagem notavelmente concreta. Eu era uma tela — cabia a mim me posicionar à frente deles. Quanto mais eu visse, menos eles teriam de ver. Passei a vigiá-los com uma espécie de suspense contido, uma tensão dissimulada que poderia muito bem, caso tivesse persistido por muito tempo, ter se transformado em algo próximo à loucura. O que me salvou, agora constato, foi o fato de que as circunstâncias tomaram um rumo inteiramente distinto. O suspense teve vida curta — logo foi substituído por provas horripilantes. Provas, sim, isso mesmo — a partir do instante em que enfim compreendi o que estava acontecendo.

Esse momento se deu numa tarde em que passei algum tempo no jardim com minha pupila mais nova. Deixamos Miles em casa, no nicho cheio de almofadas vermelhas sob a ampla janela; ele queria terminar um livro, e eu ficara contente em incentivar um desejo tão louvável num rapazinho cujo único defeito era uma certa inquietude ingênua. A irmã dele, pelo contrário, concordara prontamente em me acompanhar, e passeamos juntas por meia hora, procurando a sombra, pois o sol ainda ia alto e fazia um calor excepcional. Mais uma vez tive consciência, ao caminhar ao lado dela, de como, assim como o irmão, ela conseguia — era o que tornava ambas as crianças encantadoras — deixar-me a sós sem parecer me abandonar, e me fazer companhia sem parecer me cercar. Tanto um como o outro nunca eram importunos e, no entanto, nunca demonstravam o menor sinal de indiferença. A atenção que eu lhes dispensava se resumia a vê-los se divertindo enormemente sem mim: era um espetáculo que os dois pareciam preparar ativamente, me transformando numa admiradora ativa. Eu habitava um mundo inventado por eles — eles jamais precisavam recorrer ao meu, de modo que meu tempo era dedicado exclusivamente a representar, para os dois, alguma pessoa ou coisa notável exigida pela brincadeira do momento, e isso não passava, graças à posição superior e ilustre que eu ocupava, de uma sinecura agradável e altamente honrosa.

Já não recordo que personagem eu encarnava naquela ocasião; lembro-me apenas de que era algo muito importante e muito silencioso, e que Flora contracenava comigo com muita diligência. Estávamos à beira do lago e, como recentemente havíamos começado a estudar geografia, o lago era o mar de Azov.

De repente, nessas circunstâncias, dei-me conta de que, na margem oposta do mar de Azov, um espectador nos observava com interesse. O modo como a consciência disso se assentou aos poucos em mim foi a coisa mais estranha do mundo — com exceção da coisa muito mais estranha a que ela rapidamente se incorporou. Eu me sentara para fazer um trabalho manual — pois o que quer que eu fosse podia se sentar — no velho banco de pedra com vista para o lago; ali postada, comecei a pressentir com certeza, muito embora sem uma visão direta, a presença, à distância, de uma terceira pessoa. As velhas árvores e os arbustos cerrados faziam uma sombra ampla e agradável, mas toda a atmosfera estava impregnada da claridade da hora quente e inerte. Não havia nenhuma ambiguidade em nada; tampouco na convicção que de um momento para outro me vi adquirir com relação ao que eu veria, na outra margem do lago, caso erguesse os olhos. Eles estavam voltados para a costura a que eu me dedicava, e ainda consigo sentir o espasmo de meu esforço para não os mover enquanto eu não tivesse me tranquilizado o bastante para me decidir quanto à melhor atitude a ser tomada. Havia um corpo estranho à vista — uma figura cujo direito de estar ali questionei de imediato e sem titubear. Lembro-me de enumerar todas as possibilidades, dizendo a mim mesma que nada seria mais natural, por exemplo, que o aparecimento de um dos empregados da casa, ou ainda de um mensageiro, um carteiro ou um entregador de mercadorias do vilarejo. Essas considerações tiveram tão pouco efeito sobre minha certeza prática quanto eu estava consciente — mesmo continuando a não olhar — de terem tido sobre o caráter e a atitude de nosso visitante. Nada seria mais natural do que essas coisas serem justamente aquelas que ele decididamente não era.

Já a verdadeira identidade da aparição eu averiguaria assim que o pequeno relógio de minha coragem marcasse o segundo exato; nesse ínterim, com um esforço que já era considerável, voltei os olhos diretamente para a pequena Flora, que, naquele momento, estava a cerca de dez metros de mim. Meu coração havia parado por um instante diante do assombro e do terror da possibilidade de que ela também o visse, de modo que prendi a respiração enquanto aguardava aquilo que um grito ou algum súbito e inocente sinal de interesse ou alarme da parte dela pudesse me dizer. Esperei, mas nada aconteceu; então, em primeiro lugar — e sinto que há nisso algo mais macabro do que em qualquer outra circunstância que tenho a relatar —, fui invadida pela sensação de que, no último minuto, todos os sons produzidos pela menina haviam cessado; e, em segundo lugar, pela impressão de que, durante aquele mesmo minuto, ela havia, em sua brincadeira, virado as costas para a água. Era essa sua postura quando por fim olhei para ela — com a convicção inabalada de que seguíamos, ambas, submetidas a uma observação direta e pessoal. Flora apanhara do chão um pedaço chato de madeira provido de um pequeno orifício que, era evidente, lhe inspirara a ideia de encaixar ali outro fragmento para fazer as vezes de mastro e transformar o conjunto num barquinho. Enquanto eu a observava, ela tentava, com grande esforço e concentração, fixar esse segundo pedaço de madeira no lugar. Minha constatação do que ela estava fazendo me encorajou de tal maneira que, passados alguns segundos, me senti preparada para mais. Então voltei mais uma vez o olhar e encarei o que era preciso encarar.

Capítulo 7

Assim que pude, contei tudo à sra. Grose, e não sei explicar de modo inteligível como consegui sobreviver a esse intervalo. No entanto, ainda consigo ouvir o grito que dei quando praticamente me atirei em seus braços:

— Eles *sabem*... que monstruosidade! Eles sabem, eles sabem!

— Mas que diabo...?

Senti sua incredulidade ao me acolher em seus braços.

— Ora, tudo o que *nós* sabemos... e só Deus sabe o que mais!

Então, quando ela me soltou, expliquei tudo o que havia ocorrido — e talvez apenas nesse momento eu o tenha explicado com total coerência até a mim mesma.

— Duas horas atrás, no jardim — gaguejei, incapaz de articular as palavras. — *Flora* viu!

A sra. Grose recebeu a notícia como alguém que recebe um soco no estômago.

— Ela lhe disse algo? — perguntou, ofegante.

— Nem uma palavra... essa é a parte mais horrível. Ela guardou tudo para si! Uma criança de oito anos, *aquela* criança!

Eu continuava incapaz de traduzir em palavras a estupefação que aquilo me causava; enquanto isso, naturalmente, a sra. Grose nada podia fazer a não ser abrir ainda mais a boca.

— Então como a senhorita sabe?

— Eu estava lá, vi com meus próprios olhos: ela tinha perfeita consciência.

— Consciência *dele*, a senhorita quer dizer?

— Não... *dela*. — Eu estava ciente, enquanto falava, de que minha fisionomia transparecia expressões prodigiosas, pois eu podia captar o reflexo tardio delas no rosto da minha companheira. — Foi outra pessoa, desta vez. Mas a figura exalava uma crueldade e uma malvadeza igualmente inconfundíveis: uma mulher de preto, pálida e aterrorizante, parada na outra margem do lago. E com um jeito, um rosto! Eu estava lá com a menina, em completo sossego, até que sem mais nem menos ela surgiu.

— Surgiu? Vinda de onde?

— De onde eles vêm! Ela simplesmente apareceu e ficou lá parada... mas não tão perto assim.

— E não se aproximou?

— Ah, pelo efeito e pela sensação, era como se estivesse tão próxima quanto a senhora!

Minha amiga, movida por um curioso impulso, recuou um passo.

— Era alguém que a senhorita nunca viu?

— Sim. Mas alguém que a menina já viu. Alguém que *vocês* já viram — disse eu, acrescentando, para mostrar que já havia pensado em tudo: — Minha antecessora... a que morreu.

— A senhorita Jessel?

— A senhorita Jessel. A senhora não acredita em mim? — pressionei.

Aflita, a sra. Grose se virava de um lado para outro.

— Como a senhorita pode ter certeza?

A pergunta produziu em mim, dado meu estado de nervos, um súbito arroubo de impaciência.

— Então pergunte a Flora. *Ela* tem certeza! — Nem bem havia pronunciado essas palavras e voltei atrás: — Não, pelo amor de Deus, não faça isso! Ela vai dizer que não... vai mentir!

A sra. Grose não estava aturdida a ponto de não protestar instintivamente:

— Ah, mas como a senhorita pode...?

— Porque tenho certeza. Flora não quer que eu saiba.

— Para poupá-la, então?

— Não, não... Há camadas, camadas e mais camadas! Quanto mais reflito, mais vejo, e quanto mais vejo, mais me apavoro. Já nem sei mais o que *não* vejo, o que *não* temo!

A sra. Grose tentou acompanhar meu raciocínio:

— A senhorita quer dizer que tem medo de vê-la de novo?

— Ah, não, isso é o de menos a esta altura! — afirmei, mas logo em seguida expliquei: — O que receio é *não* a ver.

Minha colega, porém, continuava perplexa.

— Não compreendo.

— Ora, temo que a menina continue a vê-la, o que certamente vai acontecer, sem que eu fique sabendo.

Diante dessa possibilidade, a sra. Grose pareceu ceder por um instante ao desalento, mas logo em seguida recobrou o ânimo, como se impelida pela força positiva da consciência daquilo a que de fato, caso recuássemos um passo sequer, estaríamos abrindo caminho.

— Minha cara, não podemos perder a cabeça! E, afinal, se ela não se importa... — disse, emendando ainda um gracejo macabro: — Talvez até goste!

— Gostar *dessas* coisas, aquele pedacinho de gente?

— Não seria mais uma prova da abençoada inocência dela? — indagou com bravura minha amiga, que por um instante quase me convenceu.

— Ah, temos que nos ater a *isso*... a isso nos aferremos! Se não for prova do que diz a senhora, então será prova... sabe Deus do quê! Pois a mulher é o horror dos horrores.

A sra. Grose, ao ouvir isso, pousou os olhos no chão por um momento; então, quando finalmente os ergueu, disse:

— Diga-me como a senhorita sabe.

— Então a senhora admite que é isso mesmo que ela era? — exclamei.

— Diga-me como é que sabe — limitou-se a repetir minha amiga.

— Como sei? Só de vê-la! Pela maneira como ela olhava.

— Para a senhorita, suponho... com um olhar maldoso?

— Não, de modo algum! Isso eu teria suportado. Ela não me olhou em momento algum. Encarava fixamente a menina.

A sra. Grose tentou visualizar a cena.

— Fixamente?

— Ah, e com olhos tão medonhos!

Ela fitou os meus como se tentasse encontrar neles alguma semelhança com a descrição.

— Quer dizer, um olhar antipático?

— Deus, não. Coisa muito pior.

— Pior que antipatia? — perguntou, cada vez mais aturdida.

— Com uma determinação... indescritível. Uma espécie de intenção furiosa.

Minhas palavras a deixaram pálida.

— Intenção?

— De se apoderar dela.

A sra. Grose — os olhos ainda fixos nos meus — estremeceu e se aproximou da janela; enquanto ela olhava para fora, concluí meu raciocínio:

— É *isso* o que Flora sabe.

Passado algum tempo, ela se virou.

— A pessoa estava vestida de preto, a senhorita disse?

— De luto. Roupas pobrinhas, quase esfarrapadas. Mas, sim, era de uma beleza extraordinária.

Reconheci então a que ponto, por fim, de degrau em degrau, eu havia conduzido a vítima de minha confidência, pois ela visivelmente ponderou aquelas informações.

— Bela, sim... e muito — insisti. — Divinamente bela. Mas infame.

Devagarinho, ela reaproximou-se de mim.

— A senhorita Jessel... era mesmo infame.

Tomou mais uma vez minha mão entre as dela, apertando-a como se desejasse me emprestar forças para suportar o aumento de tensão que sua revelação pudesse me causar.

— Os dois eram infames — disse, afinal.

Assim, por um momento, confrontamos mais uma vez a questão juntas, e senti-me indubitavelmente amparada ao olhar as coisas tão de frente.

— Admiro — disse eu — sua grande discrição de nada ter falado até agora, mas sem dúvida é chegada a hora de me contar tudo o que há para contar. Ela pareceu assentir, mas, como permaneceu em silêncio, fui em frente: — Preciso saber agora. Como ela morreu? Vamos, devia haver alguma coisa entre eles.

— Havia tudo.

— Apesar da diferença...?

— Ah, de hierarquia, sim, de condição — completou, como se lamentasse. — Ela era uma verdadeira dama.

Refleti sobre aquilo; tive um novo vislumbre.

— Sim... era uma dama.

— E ele, tão terrivelmente inferior — disse a sra. Grose.

Senti que sem dúvida não convinha insistir demais com minha interlocutora sobre o tema do lugar ocupado por um criado na hierarquia doméstica; nada impedia, contudo, que eu aceitasse a avaliação feita por minha colega da degradação de minha antecessora. Havia uma maneira de lidar com isso, e foi o que fiz, a fim de formar o quanto antes uma imagem completa — com base em evidências — do falecido criado "pessoal", sagaz e bem-apessoado, de nosso patrão; insolente, soberbo, mimado, depravado.

— O sujeito era um cão.

A sra. Grose refletiu um instante, como se considerasse se não seria oportuna uma exploração de nuances.

— Nunca vi ninguém como ele. Fazia o que bem entendia.

— Com *ela*?

— Com todo mundo.

Nesse momento, foi como se a srta. Jessel tivesse reaparecido aos olhos da minha amiga. Tive, ao menos por um instante, a impressão de vislumbrar em seu olhar a evocação da mulher com a mesma nitidez com que eu a vira à beira do lago. Declarei em tom resoluto:

— Certamente era também o que *ela* desejava!

O rosto da sra. Grose deu a entender que eu tinha razão, mas ao mesmo tempo ela disse:

— Pobre mulher... pagou caro!

— Então a senhora sabe do que ela morreu? — indaguei.

— Não, não sei de nada. Preferi não saber. Fiquei muito contente de ter feito essa opção, e agradeço a Deus o fato de que ela já estava bem longe disso tudo!

— Mas a senhora, então, fazia alguma ideia...

— Do verdadeiro motivo por trás da partida dela? Ah, quanto a isso, sim. Ela não podia mais ficar. Imagine só, aqui... para uma preceptora! E depois fiquei imaginando... e ainda fico. E o que imagino é terrível.

— Não tão terrível quanto o que *eu* imagino — repliquei.

Com isso, devo ter deixado transparecer — como eu tinha plena consciência — o quanto me sentia amargamente derrotada. Isso teve o efeito de trazer mais uma vez à tona toda a compaixão da sra. Grose por mim, e a essa renovada manifestação de bondade meu poder de resistir ruiu por terra. Tal como no outro dia eu a levara a fazer, me desmanchei em lágrimas; ela me estreitou em seu colo maternal, e meus lamentos transbordaram.

— Não sou capaz! — solucei, desesperada. — Não posso salvá-los nem protegê-los! É muito pior do que eu imaginava: eles estão perdidos!

Capítulo 8

Era verdade o que eu tinha dito à sra. Grose: havia na questão que eu lhe apresentara camadas e possibilidades que eu carecia da determinação necessária para sondar; assim, quando voltamos a compartilhar nosso assombro diante da situação, tomamos de comum acordo a resolução de resistir a fantasias extravagantes. Precisávamos manter a lucidez, mesmo que perdêssemos todo o resto — por mais difícil que isso fosse diante de tudo aquilo que, em nossa prodigiosa experiência, se mostrava inquestionável. Tarde da noite, enquanto a casa dormia, tivemos outra conversa em meu quarto, ocasião em que ela se pôs plenamente de acordo comigo de que não havia dúvida de que eu vira exatamente o que vira. Constatei que, para mantê-la perfeitamente convencida disso, bastava lhe perguntar como, caso tudo não passasse de um "produto da imaginação", teria sido possível que eu fizesse, para ambas as pessoas com cuja aparição eu havia me defrontado, uma descrição fiel, nos mínimos detalhes, de seus traços marcantes — uma descrição diante da qual ela prontamente as havia reconhecido e identificado. Ela desejava, é claro — e longe de mim censurá-la! —, pôr um ponto-final naquele assunto; e eu me apressei em lhe assegurar que, da minha parte, meu interesse naquilo havia assumido a forma de uma procura violenta pela melhor maneira de escapar. Concordei com a posição dela de que, com a repetição das visões — pois dávamos como certa tal recorrência —, eu haveria de me acostumar com o perigo a que elas me expunham, de modo que afirmei explicitamente que minha exposição pessoal se tornara de súbito a menor das minhas preocupações. Era minha nova suspeita que me parecia intolerável; e, no entanto, até mesmo essa complicação havia sido amenizada pelas últimas horas do dia.

Ao deixar a sra. Grose, passado meu desespero inicial, eu naturalmente retornara para meus pupilos, associando o remédio ideal para minha consternação àquele encanto que eles me inspiravam e que, desde que eu descobrira ser algo que podia cultivar, jamais havia falhado comigo. Por outras palavras, eu não fizera outra coisa senão voltar a me imergir na companhia especial de Flora e ali constatar — era quase um luxo! — sua capacidade de pôr a mãozinha consciente no local exato onde doía. Depois de me observar com um doce ar indagador, ela me acusara desassombradamente de ter "chorado". Eu pensava ter apagado os reveladores indícios, mas pude literalmente — pelo menos por enquanto — me regozijar, diante daquela inesgotável caridade, com o fato de que eles não haviam desaparecido completamente. Contemplar as profundezas azuis dos olhos daquela criança e qualificar a graciosidade deles como um truque de astúcia precoce era incorrer num cinismo tamanho que eu naturalmente preferia renunciar a meu julgamento e, na medida do possível, a minha inquietação. Eu não podia concretizar essa renúncia por mera força de vontade, mas podia repetir para a sra. Grose — como fiz, inúmeras vezes, altas horas da madrugada — que com aquelas vozes de nossos amiguinhos no ar, o peso de seu afeto no meu coração e aqueles rostinhos cheirosos junto ao meu, tudo que não fosse a fragilidade e a beleza dos dois caía por terra. Era lamentável que, para resolver aquela questão de uma vez por todas, eu precisasse recapitular os sinais de sutileza que, à tarde, às margens do lago, haviam conferido um caráter milagroso à minha demonstração de autocontrole. Foi uma pena me ver obrigada a voltar a investigar a certeza daquele momento e repetir a mim mesma como me viera como uma revelação a percepção de que a comunhão inconcebível que eu flagrara não passava, para ambas as partes, de um hábito. Foi uma pena ter que repisar com voz trêmula as razões pelas quais eu não havia, em meu transe, nem por um instante questionado a impressão de que a menininha via nossa visitante da mesma maneira que eu via a sra. Grose, e que desejava, justamente pela nitidez com que fazia isso, me levar a crer que nada via e, ao mesmo tempo, sem demonstrá-lo, adivinhar se eu também era capaz de enxergar aquilo! Foi uma pena precisar descrever outra vez as portentosas artimanhas por meio das quais Flora tentara desviar minha atenção — o perceptível incremento dos movimentos, a maior intensidade das brincadeiras, a cantoria, a tagarelice, o convite para que eu também participasse da folia.

No entanto, se eu não tivesse me entregado, a fim de provar que não havia nada de errado naquela situação, a tal revisão dos fatos, teria deixado de me atentar a duas ou três vagas fontes de consolo que ainda me restavam. Não teria, por exemplo, sido capaz de asseverar minha amiga que estava certa — o que, sem dúvida, era uma ótima notícia — de que *eu*, pelo menos, não havia traído a mim mesma. Não teria sido levada, pela força da necessidade e pela exasperação da mente — mal sei como defini-lo —, a invocar a ajuda adicional advinda do fato de ter encurralado minha colega contra a parede. Pouco a pouco e sob pressão, ela me revelara muito, mas havia ainda uma manchinha esquiva no avesso da coisa toda que de vez em quando ainda roçava minha fronte como a asa de um morcego; e me recordo de como, nessa ocasião — pois tanto a casa adormecida como a concentração suscitada pelo perigo e pela vigília pareciam ajudar —, senti a necessidade de dar o último puxão na cortina.

— Não consigo crer em algo tão horrível — lembro-me de ter dito. — Não, deixemos claro de uma vez por todas, minha cara, que não creio. Mas se acreditasse, sabe, há uma resposta que a esta altura, sem tentar poupá-la nem mais um pouco, eu teria de cobrar da senhora! O que a senhora tinha em mente quando, na nossa angústia, antes da volta de Miles, em razão da carta do colégio, disse, diante da minha insistência, não poder afirmar que ele literalmente *jamais* havia se comportado "mal"? De fato, Miles *jamais* se comportou mal nestas semanas em que convivi com ele e o observei tão de perto; pelo contrário, tem se mostrado um prodigiozinho imperturbável, dotado de uma adorável e encantadora bondade. Portanto, a senhora poderia muito bem tê-lo defendido caso não tivesse se recordado de algo que constituísse uma exceção à regra. Que lembrança foi essa, e a que episódio, em sua observação pessoal do menino, a senhora se referia?

Era um questionamento terrivelmente direto, mas o momento não era propício a leviandades e, em todo caso, antes de o amanhecer cinzento nos advertir que era hora de nos recolhermos, obtive minha resposta. O que passara pela mente de minha amiga se revelou muitíssimo pertinente. Tratava-se de nada mais, nada menos que a circunstância de que, durante alguns meses, Quint e o menino tinham sido inseparáveis. Era essa, com efeito, a peça decisiva daquilo que a levara a questionar a decência, a sugerir a incongruência de tamanha intimidade, chegando mesmo a fazer um relato franco de suas preocupações à srta. Jessel. Esta, por sua vez, de maneira muito arrogante, recomendara-lhe que cuidasse da própria vida, o que levara a boa senhora a abordar diretamente o pequeno Miles. O que ela havia dito ao menino, e que minha insistência acabou por revelar, foi que *ela* gostava de ver quando um pequeno cavalheiro não se esquecia de sua posição na hierarquia social.

Ao ouvir isso, é claro, tornei a insistir com ainda mais veemência:

— A senhora o lembrou de que Quint não passava de um simples e humilde serviçal?

— Sim, foi mais ou menos isso! E foi a resposta dele, para começo de conversa, que não me agradou.

— E o que mais? — perguntei, e aguardei um momento. — Ele contou a Quint o que a senhora disse?

— Não, não foi isso. A questão é o que ele se *recusava*...! — Ela ainda conseguiu dizer. — De qualquer modo, eu tinha certeza — continuou — de que não era bem aquilo. Mas ele negava certas ocasiões.

— Que ocasiões?

— Quando os dois andavam juntos como se Quint fosse o preceptor dele, e dos mais ilustres, e a senhorita Jessel fosse responsável apenas pela menininha. Quando ele saía com aquele sujeito, quero dizer, e passava horas a fio com ele.

— E ele se esquivava, negava que aquilo tivesse ocorrido?

Seu assentimento foi claro o bastante para que eu me sentisse encorajada a emendar:

— Compreendo. Ele mentia.

— Ah! — murmurou a sra. Grose, como para sugerir que aquilo não tinha importância; o que, de fato, ela reforçou com a observação que fez em seguida: — Mas veja bem: no fim das contas, a senhorita Jessel não se incomodava. Ela não o proibia.

Refleti um instante.

— E ele usava isso como justificativa?

Diante dessa pergunta, ela pareceu se retrair mais uma vez.

— Não, ele nunca falou nisso.

— Nunca mencionou a relação dela com Quint?

A sra. Grose percebeu, corando visivelmente, aonde eu pretendia chegar.

— Bem, nunca demonstrou saber nada. Ele negava — repetiu —, negava.

Meu Deus, como a pressionei nesse momento!

— De tal modo que a senhora percebeu que ele sabia o que se passava entre os dois infelizes?

— Não sei... não sei! — Gemeu a pobre mulher.

— A senhora sabe, sim, minha cara — retruquei. — Apenas não possui essa minha terrível audácia e, em razão disso, reprime, por timidez, pudor e delicadeza, até mesmo a impressão que no passado, quando a senhora, sem meu amparo, se via obrigada a sofrer em silêncio, era-lhe causa de um sofrimento enorme. Mas ainda a farei confessar! Havia algo no rapaz que a fazia crer — prossegui — que ele encobria e ocultava a relação dos dois.

— Ah, ele não podia evitar...

— Que a senhora descobrisse a verdade? Com certeza! Mas, cruzes — fui em frente, pondo-me a conjeturar com veemência —, isso diz muito sobre o que devem ter conseguido fazer com ele!

— Ah, mas *agora* ele é só pureza! — argumentou a sra. Grose, com pesar.

— Não admira a expressão que a senhora fez — persisti — quando mencionei a carta do colégio!

— Duvido que tenha sido mais engraçada que a sua! — rebateu ela, com um vigor rudimentar. — E, se o menino era mesmo tão mau assim, como se explica que agora se comporte como um anjo?

— Eis a questão... e se era tido como um demoninho no colégio! Como, como, como? Bem — disse eu, angustiada —, a senhora pode me fazer essa pergunta de novo, mas só serei capaz de respondê-la daqui a alguns dias. Mas volte a fazê-la!

— exclamei de modo tal que minha amiga arregalou os olhos. — Há caminhos que por ora não devo me permitir tomar.

Enquanto isso, retornei a seu primeiro exemplo — ao qual ela aludira havia poucos instantes —, a inclinação do menino para as escapadas ocasionais:

— Se Quint, tal como disse a senhora ao advertir Miles, não passava de um humilde serviçal, uma das coisas que o rapazinho deve ter dito em resposta, imagino, é que o mesmo se poderia afirmar de você — arrisquei; e, como mais uma vez ela prontamente assentiu, acrescentei: — E a senhora o perdoou?

— A *senhorita* não perdoaria?

— Ah, sem dúvida!

E trocamos, na calada da noite, uma expressão ruidosa da mais curiosa hilaridade. Em seguida, prossegui:

— Em todo caso, enquanto ele ficava com o homem...

— A senhorita Flora ficava com a mulher. Era conveniente para todos!

Também era conveniente para mim, pensei; corroborava sob todos os aspectos, quero dizer, a suspeita particularmente medonha que eu vinha me proibindo de nutrir. Consegui, porém, até aqui, de tal modo refrear a expressão dessa ideia que não vou, por ora, lançar sobre ela nenhuma luz nova além daquela que a menção de minha observação final à sra. Grose poderá oferecer.

— O fato de ele ter mentido e sido insolente são, confesso, exemplos menos encantadores da manifestação do homenzinho natural que há em Miles do que eu esperava ouvir da senhora. Ainda assim — ponderei —, hão de servir, pois fazem com que eu sinta, mais do que nunca, que devo ficar atenta.

Corei, no instante seguinte, ao enxergar no rosto de minha amiga que seu perdão a Miles havia sido muito mais incondicional do que aquele que a história me permitia, em minha própria ternura, conceber como justificável. Isso ficou evidente quando, à porta da sala de estudos, ela se despediu de mim.

— A senhorita decerto não acusa *o menino*...

— De manter uma relação que esconde de mim? Ah, não esqueça que, enquanto não surjam novas provas, não acuso ninguém.

Então, antes de fechar a porta para que ela se dirigisse, por um caminho distinto, ao próprio quarto, concluí:

— Só o que me resta é esperar.

Capítulo 9

Esperei, esperei, e os dias, conforme se sucediam, atenuavam pouco a pouco minha consternação. Bastaram, de fato, umas poucas jornadas passadas na companhia constante de meus pupilos, livres de novos incidentes, para passar uma espécie de esponja sobre as fantasias atrozes e até mesmo as lembranças abomináveis. Já descrevi minha entrega à extraordinária graça infantil dos dois como algo que eu podia cultivar ativamente, e pode-se imaginar o quanto não recorri a essa fonte em busca de algum consolo naqueles dias. Mais estranho do que sou capaz de exprimir, certamente, era meu empenho na luta contra meus novos lampejos de compreensão; sem dúvida, porém, esse esforço teria representado uma tensão ainda maior se não tivesse sido bem-sucedido com tanta frequência. Por vezes eu me perguntava como seria possível que meus pequenos pupilos não adivinhassem os pensamentos estranhos que eu alimentava a respeito deles; e o fato de que essas ideias os tornavam ainda mais interessantes não constituía em si uma ajuda direta ao desígnio de mantê-los na ignorância. Eu estremecia à ideia de que notassem o quanto haviam se tornado mais interessantes. Em todo caso, pensando na pior das hipóteses, como tantas vezes eu fazia em minhas meditações, qualquer mácula na inocência deles — insuspeitos e desventurados como eram — não seria senão um motivo a mais para correr riscos. Havia momentos em que, movida por um impulso irreprimível, eu me via tomando--os nos braços e apertando-os contra o peito. Tão logo o fazia, pensava com meus botões: “O que eles vão achar disso? Será que não vão acabar desconfiando?” Teria sido fácil me entregar a um emaranhado de especulações soturnas e delirantes sobre o quanto eu estaria deixando transparecer; mas a razão verdadeira, creio, daquelas horas de paz que eu ainda conseguia desfrutar era que o encanto imediato de meus companheiros havia conservado sua eficiência mesmo sob a suspeita de ser calculado. Pois se às vezes me ocorria que eu poderia levantar suspeitas com os pequenos arroubos de minha aguçada paixão por eles, também me recordo de me perguntar se não haveria algo de estranho no perceptível aumento das demonstrações de afeto que partiam dos dois.

Naqueles dias, eles pareciam afeiçoados a mim de um modo extravagante e atípico; o que, afinal de contas, eu ponderava, não passava da graciosa reação de crianças constantemente abraçadas e bajuladas. A veneração que eles esbanjavam foi, na verdade, tão salutar para meus nervos quanto se eu jamais tivesse dado a mim mesma, por assim dizer, a impressão de literalmente flagrá-los agindo de caso pensado. Creio que nunca antes tinham desejado fazer tantas coisas por sua pobre protetora; refiro-me — embora se saíssem cada vez melhor nos estudos, o que naturalmente haveria de agradá-la mais do que tudo — à disposição para distraí-la, entretê-la, surpreendê-la, lendo trechos de livros, contando histórias, fazendo mímicas, investindo contra ela disfarçados de animais e personagens históricos e, acima de tudo, maravilhando-a com as "passagens" que decoravam em segredo e eram capazes de recitar até não poder mais. Eu jamais poderia esgotar — nem que me lançasse agora mesmo à empreitada — a prodigiosa profusão de explanações íntimas, todas aliadas a correções ainda mais íntimas, com as quais, naqueles dias, eu lhes conduzia as horas de estudo. As crianças haviam me revelado, desde o princípio, uma facilidade para tudo, uma aptidão geral com que, impulsionadas por aquele novo ímpeto, alcançavam proezas notáveis. Cumpriam suas pequenas tarefas como se as adorassem, e se deliciavam, pelo simples prazer de expor seus dons, com os pequenos e espontâneos milagres de memória que operavam. Exibiam-se a mim não apenas como tigres e romanos, mas como shakespearianos, astrônomos, navegadores. Tanto era assim que, ao que presumo, muito se devia a isso o fato para o qual até hoje não fui capaz de encontrar outra explicação: a inusitada serenidade com que eu lidava com a questão de procurar um novo colégio para Miles. O que recordo é que não sentia, por ora, a necessidade de tocar no assunto, e essa resignação sem dúvida provinha do testemunho de suas contínuas e admiráveis demonstrações de inteligência. Ele era esperto demais para ser estragado por uma má preceptora, filha de um pároco; e o fio mais estranho, se não o mais brilhante, da tapeçaria mental a que acabo de me referir era a impressão que eu poderia ter formado, caso tivesse ousado examinar de maneira mais detida a situação, de que ele estava sujeito a alguma influência que atuava sobre sua vidinha intelectual como um estímulo formidável.

Se era fácil, porém, chegar à conclusão de que um menino assim podia adiar o regresso ao colégio, igualmente evidente, no mínimo, era o fato de que um menino assim ter sido expulso por um diretor constituía um mistério inexplicável. Devo acrescentar que, na companhia das crianças naqueles dias — e eu cuidava para quase nunca me afastar delas —, eu era incapaz de seguir qualquer pista por muito tempo. Vivíamos numa nuvem de música, amor, sucesso, representações teatrais. A musicalidade dos dois era das mais aguçadas, mas o menino, em particular, tinha um dom maravilhoso para aprender melodias de ouvido. O piano da sala de estudos afastava todas as fantasias macabras; quando isso falhava, após confabularem brevemente num canto, um dos dois se retirava para, mal conseguindo conter o entusiasmo, "retornar" no papel de um personagem novo. Eu também tinha irmãos, e não era nenhuma revelação para mim o fato de que menininhas pudessem se portar como idólatras servis de menininhos. O que ia de encontro a todas as minhas expectativas era que houvesse no mundo um menino capaz de tanta consideração por alguém de idade, sexo e inteligência inferiores. Os dois eram extraordinariamente unidos, e dizer que nunca brigavam nem se queixavam um do outro constituiria, em vista da doçura que exibiam, um elogio vulgar. Por vezes, é bem verdade, tendo me deixado dominar por certa rudeza, eu julgava identificar sinais de pequenos entendimentos entre os dois para que um deles me mantivesse distraída enquanto o outro escapulia. Há um lado ingênuo, me parece, em toda diplomacia; mas, se meus pupilos a praticavam comigo, faziam-no sem dúvida com o mínimo de indelicadeza. Foi bem outra a fonte da sordidez que, depois de um período de calmaria, voltou a irromper.

Sinto realmente que hesito ao tocar neste ponto; preciso, porém, dar o salto medonho. Ao prosseguir em meu relato do que havia de terrível em Bly, não apenas desafio a mais pródiga fé — o que a mim pouco me importa; mas (e aí a história é outra) reavivo meu próprio sofrimento, refaço do início ao fim a penosa jornada. Há um ponto a partir do qual, olhando para trás, a coisa toda parece de súbito se converter em puro sofrimento; ao menos, porém, já cheguei a seu âmago, e sem dúvida a saída mais rápida é seguir adiante. Certa noite — sem que nada tivesse pressagiado ou me preparado para isso —, fui atingida pelo toque frio da impressão cujo sopro eu sentira na noite de minha chegada e que, muito mais sutil na ocasião, como já mencionei, provavelmente não teria sequer ficado registrada em minha memória se desde então minha estada não houvesse se revelado tão turbulenta. Eu ainda não tinha me deitado; lia, sentada, à luz de duas velas. Havia um aposento repleto de livros velhos em Bly — muitos deles obras de ficção do século passado cuja notável carência de prestígio não impedia que um exemplar solitário tivesse chegado à casa isolada e despertasse a inconfessa curiosidade de minha juventude.

Lembro que o livro que eu tinha nas mãos era *Amelia*, de Fielding, e que eu estava plenamente desperta.[3] Lembro-me também de sentir, além da vaga certeza de que já era terrivelmente tarde, uma relutância em consultar o relógio. Tenho presente, por fim, que o dossel branco que cobria, como era costume à época, a cabeceira da caminha de Flora ocultava, como eu verificara havia algum tempo, a perfeição de seu repouso infantil. Recordo, em suma, que, embora profundamente interessada em meu autor, dei por mim, ao virar uma página, erguendo os olhos do livro e fixando-os na porta do quarto, o fio da história indo pelos ares. Por um momento fiquei à escuta, relembrando a vaga impressão que tivera, na primeira noite, de que algo indefinido se movimentava em algum lugar da casa, e observei o sopro suave que entrava pela janela agitar de leve as persianas entreabertas. Então, dando mostras de uma tranquilidade que sem dúvida teria parecido magnífica se houvesse alguém para admirá-la, larguei o livro, levantei-me e, empunhando uma vela, saí do quarto; uma vez no corredor, sobre o qual minha fonte de luz produzia um efeito quase nulo, fechei e tranquei a porta sem fazer barulho.

Eu não saberia dizer agora o que me determinava ou guiava, mas atravessei decidida o vestíbulo, segurando a vela acima da cabeça, até avistar a janela alta que reinava, imponente, na grande curva da escada. Nesse momento, me

---

3 Henry Fielding (1707-1754), romancista inglês. *Amelia*, de 1751, tem como temas centrais a inteligência feminina e o casamento.

dei conta subitamente de três coisas. Eram praticamente simultâneas, mas se insinuaram a mim numa sucessão de lampejos. Minha vela, com um floreio arrojado, apagou-se, e percebi, pela janela descortinada, que o dócil lusco-fusco das primeiras horas da manhã a tornava desnecessária. Mesmo sem ela, vi no instante seguinte que havia alguém na escada. Me expresso por meio de sequências, mas não precisei de nem um segundo para enrijecer na expectativa de um terceiro encontro com Quint. A aparição se assomara no patamar do meio e, portanto, estava no ponto mais próximo à janela, onde, ao me ver, parou e me encarou exatamente como fizera do alto da torre e através da janela. Ele me conhecia tão bem quanto eu o conhecia; e, assim, à fria e tênue claridade do crepúsculo matutino, que fazia brilhar a vidraça e o carvalho encerado da escada, nos encaramos com uma intensidade recíproca. Pude perceber, nessa ocasião, como ele era de fato uma presença viva, detestável e perigosa. Mas não foi essa a maior das surpresas; reservo tal distinção para uma circunstância bem diversa: a de que o medo havia inequivocamente me abandonado, e que naquele momento não havia nada em mim que não me permitisse enfrentá-lo.

Senti muita angústia depois daquele momento extraordinário, mas, graças a Deus, não senti medo. E ele percebeu — transcorrido um instante, tive a magnífica consciência desse fato. Senti, num arrepio feroz de confiança, que se me mantivesse firme por algum tempo não mais precisaria — por ora, pelo menos — enfrentá-lo; e durante esse tempo, é claro, a coisa foi tão humana e horrenda quanto um encontro real: horrenda justamente porque *era* humana, tanto quanto encontrar sozinha, no meio da noite, numa casa adormecida, um inimigo, um aventureiro, um criminoso. Era o silêncio sepulcral de nossa longa troca de olhares a tão pequena distância que conferia a todo aquele horror, por mais descomunal que fosse, seu único elemento sobrenatural. Tivesse eu me deparado com um assassino no mesmo lugar e na mesma hora, teríamos pelo menos trocado alguma palavra. Algo teria se passado, na prática, entre nós; do contrário, um de nós teria se movido. O momento se prolongou de tal maneira que por pouco não cheguei a duvidar de que *eu mesma* estivesse viva. Não sou capaz de exprimir o que ocorreu em seguida a não ser dizendo que o próprio silêncio — que, de certo modo, era um atestado da minha força — transformou-se no elemento em que vi a figura desaparecer, em meio ao qual definitivamente a vi se virar, tal como poderia ter visto o infeliz a que ela um dia pertencera virar-se ao receber uma ordem, e seguir, enquanto meus olhos perscrutavam aquelas costas vilanescas que nem uma corcunda teria tornado mais disformes, escada abaixo, rumo à escuridão em que se perdia a curva seguinte.

Capítulo 10

Passei ainda alguns instantes parada no alto da escada, mas não demorei a compreender que meu visitante, quando sumia, sumia de vez: assim, retornei ao quarto. A primeira coisa que vi à luz da vela que deixara acesa foi que a caminha de Flora estava vazia; ao me dar conta disso, perdi o fôlego, tomada por todo o pavor que cinco minutos antes conseguira conter. Corri até o local onde a deixara deitada e sobre o qual — pois a pequena colcha de seda e os lençóis estavam desarrumados — o dossel branco havia sido enganadoramente puxado; então meus passos, para meu indescritível alívio, provocaram um ruído em resposta: percebi uma agitação nas persianas, e a menina, abaixando-se, emergiu com as bochechas coradas. Lá estava ela, com sua candura abundante e sua camisola pequenina, os pezinhos rosados descalços e os cachos emanando um brilho dourado. Tinha um ar muito sério, e eu jamais sentira tamanha sensação de perder uma vantagem conquistada (cujo prazer fora tão prodigioso) quanto no momento em que compreendi que ela me dirigia uma censura.

— Sua danadinha! Por onde andava a senhora?

Em vez de censurá-la pela indisciplina, me vi a dar explicações. Ela própria, aliás, explicou-se com a mais ávida e encantadora simplicidade. Dera-se conta, deitada em sua cama, que eu havia saído do quarto, e levantara-se de um pulo para ver o que havia acontecido comigo. Com o alívio de seu reaparecimento, eu desabara de novo em minha cadeira — sentindo então, e somente então, um princípio de tontura; ela, por sua vez, viera saltitando na minha direção e se jogara no meu colo, deixando-se envolver em meus braços, a luz da vela incidindo em cheio em seu maravilhoso rostinho ainda sonolento. Lembro-me de ter fechado os olhos por um instante, como se conscientemente me rendesse diante do excesso de beleza irradiado pelo azul de seus olhinhos.

— Você estava me procurando pela janela? — perguntei. — Pensou que eu estivesse passeando no jardim?

— É que achei que alguém estivesse — respondeu com um sorriso, sem empalidecer.

Ah, como cravei os olhos nela naquele momento!

— E você viu alguém?

— Ah, *não*! — replicou (valendo-se do privilégio da inconsequência infantil) aborrecida, em que pese a doçura com que prolongou aquele "não".

Nesse momento, com os nervos à flor da pele como eu estava, tive a mais absoluta certeza de que ela mentia; e, se mais uma vez fechei os olhos, foi por me sentir aturdida diante das três ou quatro maneiras como eu poderia interpretar esse fato. Uma delas, por um momento, tentou-me com tanta intensidade que, para resistir, devo ter apertado minha menininha contra mim com um espasmo a que, admiravelmente, ela se submeteu sem o menor grito ou sobressalto. Por que não a confrontar de uma vez e pôr um fim àquela história — dizer tudo o que havia para ser dito bem diante de seu gracioso rostinho iluminado? "Você vê, você vê, sabe que sim e inclusive já desconfia que eu também saiba; portanto, por que não se abre comigo para que possamos pelo menos lidar juntas com a situação e descobrir, quem sabe, na estranheza do nosso destino, onde estamos e o que significa tudo isto?" Esse ímpeto esmoreceu, infelizmente, tão depressa quanto surgiu: houvesse sucumbido a ele de imediato, talvez tivesse me poupado — bem, logo se verá do quê. Em vez de sucumbir, levantei de novo num salto, olhei para a cama de Flora e optei por um débil meio-termo:

— Por que você puxou o dossel para que eu pensasse que ainda estava deitada?

Flora refletiu luminosamente; então, com seu sorrisinho divino:

— Porque não gosto de assustar a senhora!

— Mas você não pensava que eu estava lá fora?

Ela se recusou obstinadamente a se deixar perturbar; voltou o olhar para a chama da vela como se a pergunta fosse tão irrelevante, ou pelo menos tão impessoal, quanto as da sra. Marcet[4] ou nove vezes nove.

— Ah, sabe como é — respondeu, com destreza —, a senhora podia voltar a qualquer momento, como fez!

Em seguida, após a menina voltar para a cama, tive, por um bom tempo, sentada quase junto de seu corpo para

---

4 Jane Marcet (1769-1858), autora inglesa de livros didáticos infantis de grande popularidade no século XIX.

lhe dar a mão, de demonstrar que reconhecia a pertinência de meu retorno.

Pode-se imaginar o aspecto geral que, a partir desse momento, minhas noites assumiram. Dia após dia eu ficava acordada, sentada na cadeira, até sabe-se lá que horas; aproveitava momentos em que tinha certeza de que minha companheira de quarto estava dormindo para escapulir e me aventurar em surdina pelo corredor, chegando mesmo a retornar ao local de meu último encontro com Quint. Em nenhuma dessas ocasiões, porém, voltei a encontrá-lo ali, e já posso adiantar inclusive que, na verdade, não voltei a vê-lo em lugar nenhum da casa. Estive, entretanto, na escadaria, a ponto de viver outra aventura. Olhando do alto para baixo, reconheci um dia a presença de uma mulher sentada, num dos degraus mais inferiores, de costas para mim, com o corpo meio curvado e a cabeça entre as mãos, numa postura desolada. Mal eu a avistara, porém, ela desapareceu sem se voltar nenhuma vez para mim. No entanto, eu conhecia muito bem o rosto terrível que teria para me mostrar; e fiquei a considerar se, caso estivesse embaixo e não no alto, eu teria demostrado, indo a seu encontro, a mesma calma que tivera recentemente diante de Quint. Bem, não faltariam oportunidades para exercitar minha calma. Na décima primeira noite após meu último encontro com aquele cavalheiro — eu as enumerava agora —, tive um sobressalto que chegou criticamente perto de constituir uma dessas oportunidades, e de fato, por seu caráter de todo inesperado, não é exagero dizer que tenha sido o choque mais violento de todos os que senti. Era justamente a primeira noite dessa série em que, cansada de ficar de vigia, eu me permitira ir para a cama no horário habitual sem considerar aquilo um desleixo. Dormi imediatamente e, como constatei depois, até cerca de uma da manhã; quando acordei, porém, sentei em um pulo, tão completamente desperta quanto se uma mão tivesse me sacudido. Deixara uma vela acesa, mas ela estava apagada, e tive a certeza instantânea de que fora Flora quem havia feito isso. Logo, pus-me de pé e me dirigi, no escuro, à cama dela, que encontrei vazia. Uma olhada em direção à janela me esclareceu ainda mais e, com o riscar de um fósforo, a cena se completou.

A criança se levantara novamente — soprando desta vez a vela, tornara a se espremer, com algum propósito de observação ou comunicação, por trás das persianas, de onde espiava a noite. Que agora via algo — ao contrário, como eu havia concluído, da vez anterior — tornou-se evidente para mim pelo fato de que não havia sido perturbada nem por meu fósforo aceso, nem pelo atropelo com que eu calçara os chinelos e me envolvera num agasalho. Escondida, protegida, absorta, Flora claramente tinha se debruçado no peitoril — a janela abria para fora — e se entregado. A lua grande e serena a ajudava, fato que me fez tomar uma decisão com ainda mais pressa. Ela estava frente a frente com a aparição que tínhamos visto no lago, e agora conseguia se comunicar com ela como antes não pudera. O que eu, de minha parte, precisava fazer era, sem perturbá-la, atravessar o corredor e me aproximar de outra janela voltada para o mesmo lado da casa. Alcancei a porta sem que ela me ouvisse; saí, fechei-a e me pus à escuta, do outro lado, de algum ruído produzido pela menina. No corredor, meu olhar caiu sobre a porta de seu irmão, que estava a apenas dez passos de distância e que, de maneira indescritível, produziu em mim um reavivamento do estranho impulso a que há pouco me referi como uma tentação. E se, sem pensar duas vezes, eu entrasse no quarto e fosse até a janela — e se, sob o risco de revelar à perplexidade infantil de Miles meus motivos, eu submetesse o que restava do mistério ao longo cabresto da minha ousadia?

Esse pensamento me tentou o bastante para que eu caminhasse até a porta dele e ali me detivesse mais uma vez. Apurei extraordinariamente os ouvidos; imaginei as coisas mais prodigiosas acontecendo ali dentro; perguntei a mim mesma se sua cama também estaria vazia e ele, secretamente em vigília. Foi um minuto profundo e silencioso, ao fim do qual meu impulso se esvaneceu. Ele não fazia barulho; talvez fosse inocente; o risco era medonho, dei meia-volta. Havia uma figura no jardim — uma figura que rondava à espreita, o visitante com que Flora se comunicava; essa visita, contudo, não dava a mesma atenção ao meu menino. Hesitei de novo, mas por outros motivos, e apenas por alguns segundos; só então tomei minha decisão. Quartos vazios eram o que não faltava em Bly: bastava escolher o mais apropriado. A escolha certa, ocorreu-me de súbito, era o aposento mais baixo — embora estivesse situado bem acima dos jardins — daquele canto resguardado da casa a que me referi como a torre velha. Tratava-se de um cômodo quadrado, espaçoso, decorado com certa pompa para servir como quarto de dormir, mas cujo tamanho extravagante o tornava tão inconveniente que não era ocupado havia anos, muito embora a sra. Grose o mantivesse em perfeita ordem. Como não era raro que eu entrasse ali para admirá-lo, eu conhecia cada canto do espaço; bastou-me, passado o estremecimento inicial diante da fria escuridão de seu desuso, atravessá-lo e desaferrolhar no maior silêncio possível uma das folhas da janela. Feito isso, expus sem nenhum ruído a vidraça e, colando o rosto nela, verifiquei, auxiliada pelo fato de que a escuridão lá fora era muito menos intensa do que no interior do aposento, que estava voltada para a direção certa. Então vi algo mais. A lua, que tornava a noite extraordinariamente perscrutável, expôs-me, à vista no gramado, a presença de uma pessoa apequenada pela distância e que, parada ali de pé, como se fascinada, olhava para o local onde eu havia surgido — olhava, para ser mais precisa, menos na minha direção do que na de algo que pelo visto se achava acima de mim. Estava claro que havia outra pessoa mais ao alto — havia alguém na torre; a figura no gramado, porém, não era nem por sombra quem eu imaginara que fosse e correra destemidamente para enfrentar. A figura no gramado — empalideci ao constatar — era ninguém menos que o pobrezinho do Miles.

Capítulo 11

No dia seguinte, não consegui falar tão cedo com a sra. Grose; o rigor com que mantive meus pupilos à vista a todo momento tornava difícil uma conversa em particular; tanto mais que sentíamos, as duas, ser importante não levantar — nem da parte dos criados, nem das crianças — qualquer suspeita de um burburinho secreto ou da discussão de um mistério. Nesse sentido, a serenidade de sua figura me trazia um grande senso de segurança. Nada havia em seu rosto bondoso que deixasse transparecer aos outros minhas horríveis confidências. Ela acreditava em mim, disso eu tinha absoluta certeza: do contrário, não sei o que teria sido de mim, pois jamais teria conseguido suportar sozinha a situação. Entretanto, a sra. Grose era um magnífico monumento à bênção da falta de imaginação, e, se não era capaz de ver em nossos pequenos pupilos nada além de sua beleza e bondade, sua alegria e inteligência, não dispunha de uma comunicação direta com as fontes do meu tormento. Se os dois dessem mostras de qualquer espécie de sofrimento ou maus-tratos, não tenho dúvida de que ela não só trataria de investigar as causas como ficaria tão perturbada quanto eles; naquele estado de coisas, porém, era como se, ao observá-los, os braços alvos e gorduchos cruzados e o hábito da serenidade a lhes revestir a fisionomia, ela desse graças a Deus que, se os dois apresentavam defeitos, pelo menos continuavam a funcionar normalmente. Os voos da imaginação davam lugar, em sua mente, ao brilho plácido de uma lareira, e eu já havia começado a perceber que, com a solidificação da convicção de que — como o tempo passava e nenhum incidente flagrante ocorria — nossas crianças podiam, afinal, cuidar de si mesmas, ela passara a dispensar o grosso de sua solicitude ao triste caso da preceptora delas. No que dizia respeito a mim, isso simplificava as coisas: eu dava conta do esforço necessário para que meu rosto nada traísse ao mundo, mas teria sido, naquelas circunstâncias, um enorme desgaste adicional ter que me preocupar também com o dela.

Na hora a que me refiro, a sra. Grose se juntara a mim, diante de minha insistência, na varanda, onde, com a estação já se encaminhando para o fim, o sol da tarde era agradável; estávamos sentadas lado a lado enquanto, diante de nós, a certa distância, mas ao alcance de nossa voz caso desejássemos chamá-las, as crianças perambulavam tranquilamente pelo jardim. Caminhavam sem pressa, no mesmo ritmo, abaixo de nós no gramado, enquanto o menino lia em voz alta um livro de histórias, o braço pousado sobre o ombro da irmã a fim de mantê-la próxima. A sra. Grose os observava com uma placidez inabalável; percebi, então, o sutil ranger intelectual reprimido com que, conscienciosa, ela se virou para acolher a visão que eu estava prestes a descortinar do avesso da tapeçaria. Eu fizera dela um receptáculo de relatos escabrosos, mas havia um estranho reconhecimento de minha superioridade — minhas realizações e minha função — na paciência que ela demonstrava diante do meu sofrimento. O modo como oferecia sua mente para minhas confidências sugeria que, caso eu pretendesse confeccionar uma poção de bruxa e lhe propusesse isso com resolução, ela lavaria e me estenderia a maior caçarola disponível. Essa já era sua atitude de praxe quando, em meu relato dos acontecimentos da noite anterior, cheguei a ponto de lhe revelar o que Miles me dissera quando, depois de avistá-lo, numa hora tão monstruosa, quase no mesmíssimo ponto do gramado que ele coincidentemente pisava agora, desci para buscá-lo; isso por eu ter preferido, à janela, diante do imperativo de não alarmar a casa, esse método a outro mais sonoro. Eu não havia deixado, nesse meio-tempo, nenhuma dúvida à sra. Grose quanto às minhas parcas esperanças de exprimir com êxito, mesmo auxiliada por sua benevolência, meu absoluto deslumbramento diante da inspiração com que, depois que o levei para dentro de casa, o menino respondeu às palavras de desafio que por fim lhe dirigi. Assim que apareci na varanda banhada de luar, ele veio determinado ao meu encontro; então tomei-lhe a mão, sem dizer palavra, e o conduzi, numa escuridão de breu, escada acima, passando pelo local onde Quint o procurara com tanta avidez e pelo corredor onde eu ficara à escuta, trêmula, até chegar ao quarto abandonado por ele.

Não trocamos uma sílaba sequer no caminho, e fiquei imaginando — ah, *como* imaginei! — como ele estaria revolvendo seu pequenino cérebro na tentativa de engendrar uma explicação plausível e que não soasse grotesca. Sua criatividade sem dúvida seria posta à prova, e senti, desta vez, diante de seu nítido constrangimento, uma curiosa sensação de triunfo. Era uma armadilha mortal para aquele serzinho inescrutável! Seria impossível continuar a bancar o inocente; de que modo tentaria escapar daquele beco sem saída? Palpitava em mim ao mesmo tempo, com a pulsação apaixonada dessa pergunta, uma incerteza igualmente muda referente a como *eu* tentaria contornar aquela situação. Eu me defrontava, finalmente e como nunca antes, com todos os riscos que implicaria, mesmo em vista de todas as circunstâncias, verbalizar meu horrendo comentário. Lembro, de fato, que assim que chegamos ao quartinho dele — onde a cama permanecia feita e a janela, descoberta, com o luar penetrando o cômodo a tal ponto que não havia necessidade de riscar um fósforo —, lembro que de súbito desabei e me deixei cair na beirada da cama, constrangida pela ideia de que certamente Miles tinha consciência de que na verdade era ele quem, como se diz, me tinha "contra a parede". Podia fazer o que bem entendesse, com toda a sua esperteza para ajudá-lo, enquanto eu continuasse a deferir à velha tradição de incriminação das preceptoras que se deixam afetar por medos e superstições. Eu estava mesmo encurralada e em suas mãos; afinal, quem haveria de me absolver, de consentir que eu escapasse à forca se, pela mais sutil e trepidante insinuação, fosse eu a primeira a introduzir em nossa perfeita relação um elemento tão atroz? Não, não: seria inútil, quase tanto quanto o é tentar exprimi-lo aqui, tentar fazer com que a sra. Grose compreendesse o modo como, em nosso breve e tenso duelo na escuridão, ele me fizera estremecer de admiração. Procedi, é claro, com toda a gentileza e indulgência; nunca antes pousara em seus ombrinhos mãos tão ternas como aquelas com que, sentada em sua cama, o segurei antes de minha investida. Não me restava alternativa, nem que fosse para cumprir com meu dever, senão confrontá-lo.

— Você precisa me contar agora mesmo... me contar toda a verdade. Por que saiu de casa? O que estava fazendo lá fora?

Ainda consigo rever seu sorriso maravilhoso, o branco de seus lindos olhos e o brilho de seus dentinhos se revelarem para mim na escuridão.

— Se eu contar o motivo, a senhora vai entender?

Ao ouvir essas palavras, meu coração quase saltou pela boca. Então ele me revelaria o motivo? Nenhum som de incentivo me veio aos lábios, e lembro apenas que me limitei a acenar com a cabeça de maneira vaga, tensa e repetitiva. Miles era a doçura em pessoa e, enquanto eu continuava a menear afirmativamente a cabeça, pareceu-me mais do que nunca um principezinho de conto de fadas. Foi, de fato, o esplendor de sua presença que me concedeu um instante de alívio. Seria tão magnífico assim se estivesse mesmo prestes a me contar a verdade?

— Bem — disse ele, afinal —, foi justamente para que isso acontecesse.

— Isso o quê?

— A senhora me ver, pelo menos uma vez, como um menino *mau*!

Nunca esquecerei a candura e a alegria com que pronunciou aquela palavra, nem a maneira pela qual, como se não bastasse, se inclinou para frente e me beijou. Isso praticamente decretou o fim da conversa. Retribuí o beijo e me vi obrigada a fazer, enquanto o envolvia nos braços, um esforço estupendo para conter o choro. Ele me dera precisamente a justificativa que menos me permitia insistir no assunto, e não fiz mais que confirmar minha aceitação desse fato quando, relanceando os olhos pelo aposento, consegui a custo dizer:

— Então você nem chegou a trocar de roupa?

Ele quase brilhava na escuridão do quarto.

— Não. Fiquei lendo na cadeira.

— E a que horas desceu?

— À meia-noite. Quando sou mau, sou mau *de verdade*!

— Pois é, estou vendo... é encantador. Mas como tinha certeza de que eu descobriria?

— Ah, eu combinei tudo com a Flora. — Com que prontidão entoava suas réplicas! — Nosso trato era que ela se levantasse e fosse até a janela.

— E foi o que fez.

Era eu quem havia caído na armadilha!

— Assim ela despertou a atenção da senhora e, para descobrir o que ela estava olhando, a senhora também olhou... e viu.

— Enquanto você — continuei, dando corda — ficava ao relento podendo apanhar uma doença mortal!

Literalmente radiante diante da própria proeza, Miles se permitiu assentir com ar triunfante.

— E por acaso eu tinha escolha se queria ser mau de verdade? — perguntou.

Então, após mais um abraço, o incidente e nossa conversa se encerraram com meu reconhecimento de todas as reservas de bondade das quais, em nome de sua travessura, ele havia lançado mão.

Capítulo 12

A impressão exata que eu tivera revelou-se, à luz da manhã, repito, não muito propícia a ser apresentada à sra. Grose, embora eu a tenha reforçado com a menção de outro comentário feito por Miles antes de nos despedirmos.

— Tudo se resume a meia dúzia de palavras — disse eu —, palavras que, de fato, resolvem a questão. "Pense no que eu *poderia* fazer!" Ele me disse isso para mostrar como é bem-comportado. Sabe perfeitamente o que "poderia" fazer. E deu uma demonstraçãozinha disso na escola.

— Deus do céu, como a senhorita muda de ideia! — exclamou minha amiga.

— Eu não mudo de ideia, apenas observo o que está diante de mim. Os quatro, pode estar segura, vivem se encontrando. Se a senhora estivesse com uma das crianças em qualquer uma das últimas noites, teria compreendido muito bem. Quanto mais observo e espero, mais me convenço de que, ainda que não houvesse mais nada que pudesse prová-lo, o silêncio sistemático dos dois o faria por si só. *Jamais,* nem por um deslize, eles fizeram qualquer alusão aos antigos amigos deles, assim como Miles nunca fez qualquer comentário sobre a expulsão do colégio. Sim, podemos ficar aqui sentadas observando os dois, e eles podem se exibir para nós até não aguentarem mais; mas, mesmo quando fingem estar perdidos num mundinho de faz de conta, na verdade estão imersos na visão dos mortos que retornaram. Miles não está lendo para Flora — afirmei. — Eles estão falando *deles*... estão falando de coisas horripilantes! Tenho consciência de que devo parecer louca, e é de admirar que ainda não esteja. *A senhora* já teria perdido o juízo se tivesse visto o que vi; mas a mim essas experiências só me tornaram mais lúcida, fizeram com que eu compreendesse outras coisas.

Minha lucidez deve ter parecido medonha, mas as encantadoras criaturas vitimadas por ela, indo e voltando de braços graciosamente entrelaçados, ofereciam à minha colega algo a que se aferrar; constatei a força com que ela se amparava neles conforme, recusando-se a se vergar ao embalo de meu fervor, ela continuava a acompanhá-los com o olhar.

— Que outras coisas a senhorita compreendeu?

— Ora, as mesmíssimas que desde sempre me deliciaram, me fascinaram e que, no entanto, no fundo, como agora percebo com tanta estranheza, sempre me deixaram intrigada e desconcertada. A beleza sobre-humana dos dois, a bondade absolutamente inverossímil. É tudo um jogo — prossegui. — É tudo uma estratégia, uma fraude!

— Da parte de anjinhos...?

— Que não passam de pimpolhos adoráveis? Sim, por mais disparatado que possa parecer!

O próprio ato de enunciar o que eu tinha em mente me ajudou a assimilá-lo — a rearrumar as peças de modo a resolver o enigma.

— Não é bondade o que eles têm demonstrado... é distanciamento. O motivo de ser tão fácil conviver com os dois é que eles levam uma vida inteiramente alheia à nossa. Não são meus, tampouco nossos. São *dele* e *dela*!

— Do Quint e daquela mulher?

— Do Quint e daquela mulher. Eles querem pegá-los.

Ah, como, ao ouvir isso, a pobre sra. Grose pareceu examiná-los!

— Mas por quê?

— Por amor a todo o mal que, naqueles tempos nefastos, os dois infundiram nas crianças. E para continuar a impregná-los desse mal, levando adiante a obra demoníaca deles, é por isso que voltam.

— Cruz-credo! — proferiu, baixinho, minha amiga.

A exclamação era banal, mas revelava uma verdadeira aceitação das minhas provas adicionais daquilo que, nos maus tempos — pois houvera um tempo ainda pior que aquele! —, parecia ter ocorrido. Nada poderia ter confirmado mais minhas suspeitas do que a concordância da sra. Grose e de toda a sua experiência quanto à depravação, fosse ela qual fosse, que eu julgava atribuível a nossa dupla de canalhas. Foi depois de claramente submeter suas memórias a um exame que ela exclamou após alguns instantes:

— Aqueles dois eram mesmo um par de sem-vergonhas! Mas o que é que podem fazer agora?

— O quê? — retruquei tão alto que Miles e Flora, que caminhavam ao longe, detiveram-se por um instante e olharam para nós.

— Já não fazem o suficiente? — questionei num tom mais discreto, enquanto as crianças, depois de sorrir, acenar e mandar beijos, prosseguiam com sua exibição.

Aquilo fisgou nossa atenção por um momento; em seguida, continuei:

— Eles podem destruí-los!

Ao ouvir isso, minha amiga se voltou para mim, mas a pergunta que me dirigiu foi silenciosa, o que me levou a ser mais explícita:

— Ainda não sabem muito bem como, mas estão se esforçando. Eles só se deixam ver para lá das coisas, por assim dizer: em lugares altos ou improváveis, uma torre, um telhado, o lado externo de uma janela, a margem oposta de um lago; há, no entanto, um plano muito bem delineado, de ambas as partes, para encurtar a distância e transpor o obstáculo; e o sucesso desses tentadores é questão de tempo. Basta que continuem a fazer suas sugestões de perigo.

— Para que as crianças se aproximem?

— E morram ao fazê-lo!

A sra. Grose se levantou vagarosamente e, cheia de escrúpulos, acrescentei:

— A menos, é claro, que sejamos capazes de impedir!

Parada diante de mim, que continuava sentada, era nítido que ela revolvia na mente tudo o que eu dissera.

— O tio deles é quem deve se encarregar disso. Precisa levar os dois para longe daqui.

— E quem vai convencê-lo a fazer isso?

A sra. Grose, que mirava a distância, dirigiu-me uma expressão apalermada.

— A senhorita.

— Com uma carta dizendo que a casa foi amaldiçoada e os sobrinhos dele estão loucos?

— Mas e se estiverem mesmo, senhorita?

— E se *eu* estiver, a senhora quer dizer? Seria a notícia perfeita a ser dada por uma preceptora cuja principal obrigação era não o importunar!

A sra. Grose refletiu, voltando a acompanhar as crianças com o olhar.

— Tem razão, ele detesta aborrecimentos. Isso explica...

— Como aqueles demônios conseguiram enganá-lo por tanto tempo? Sem dúvida, ainda que a indiferença dele deva ter sido espantosa. Em todo caso, como não sou um demônio, não posso me permitir fazer o mesmo.

Como resposta, minha colega sentou-se de novo após um instante, tomou-me o braço e disse:

— Faça o que for preciso para que ele venha até a senhorita.

Encarei-a fixamente.

— Ele? Vir até *mim*?

De repente, tive receio do que ela pudesse fazer.

— Ele deveria estar aqui... deveria ajudar.

Pus-me de pé num pulo, e creio que devo ter dirigido a ela uma expressão mais estranha do que nunca.

— A senhora me imagina convidando-o para uma visita?

Não; a julgar por seu olhar fixo em mim, estava claro que ela não concebia a ideia. Em vez disso, até mesmo ela — pois uma mulher é capaz de ler seus pares — era capaz de ver o que eu própria estava vendo: o desdém, o escárnio, o desprezo dele diante da minha incapacidade de cumprir com o que havia prometido e do intrincado mecanismo que eu pusera em movimento a fim de atrair sua atenção para meus desdenhados atrativos. A sra. Grose não sabia — ninguém sabia — o quanto eu me orgulhava de servi-lo e de cumprir à risca nosso trato; creio, todavia, que isso não a impediu de compreender a seriedade da advertência que fiz a seguir.

— Se porventura a senhora perder tanto o juízo a ponto de cometer a loucura de recorrer a ele em meu nome...

Ela ficou assustada de verdade.

— Sim, senhorita?

— Eu não pensaria duas vezes antes de largar os dois, tanto a ele como à senhora.

Capítulo 13

Se estar na presença deles não era em si um problema, conversar com eles continuou a se revelar um desafio acima das minhas capacidades — oferecia, face a face, dificuldades tão insuperáveis quanto antes. Essa situação se prolongou por um mês, com novas agravantes e particularidades, sendo a mais notável destas, cada vez mais saliente, uma leve consciência irônica da parte de meus pupilos. Não se tratava, disso sigo tão segura hoje quanto estava na época, de uma obra de minha imaginação infernal: era perfeitamente visível que os dois estavam cientes do meu dilema e que essa estranha relação constituía, de certo modo, fazia tempo, a atmosfera que habitávamos. Não quero dizer que fizessem troça ou praticassem qualquer tipo de vulgaridade, pois quanto a isso não ofereciam nenhum perigo: quero dizer, no entanto, que o inominado e o intocável se tornaram, entre nós, mais palpáveis que qualquer outro elemento, e que uma evasão tão impecável não poderia ter sido alcançada sem uma hábil combinação tácita. Era como se, em alguns momentos, esbarrássemos a todo instante em questões que nos obrigavam a deter o passo, dando meia-volta em becos que se revelavam sem saída, fechando com um baque surdo, o que fazia com que nos entreolhássemos — pois, como todo baque, era mais estrepitoso do que havíamos previsto —, as portas que abríramos por indiscrição.

Todos os caminhos levam a Roma, e havia ocasiões em que quase todas as áreas do conhecimento ou assuntos de conversa pareciam confinar com territórios proibidos. Estes consistiam na questão do regresso dos mortos em geral e, em particular, no que quer que pudesse ter sobrevivido, na memória, dos amigos que as crianças haviam perdido. Havia dias em que eu poderia jurar que uma delas, com uma cutucada imperceptível, havia dito à outra: "Ela acha que vai conseguir desta vez — mas *não vai*!". "Conseguir" seria fazer, por exemplo — e de certo modo pela primeira vez —, uma referência direta à jovem que os preparara para minha disciplina. Os dois demonstravam um apetite deslumbrante e insaciável por passagens da minha história pessoal, com as quais eu os brindara em tantas ocasiões; estavam de posse de tudo que já acontecera comigo, tinham ouvido, em pormenores, a história das aventuras mais triviais não apenas minhas como de meus irmãos e irmãs e do gato e do cachorro da família, além de muitas minudências referentes às excentricidades do meu pai, à mobília e à rotina de nossa casa e às conversas das velhas de nosso vilarejo. Havia coisas de sobra, no fim das contas, sobre as quais conversar, desde que se fosse ligeiro e se soubesse instintivamente a hora de mudar de assunto. Eles puxavam com uma desenvoltura só deles os fios da minha imaginação e da minha memória; e nada, talvez, quando mais tarde me pus a recordar tais ocasiões, despertou-me tanto a suspeita de ser secretamente observada. Fosse como fosse, eram somente a *minha* vida, o *meu* passado e os *meus* amigos que podíamos debater à vontade; um estado de coisas que por vezes os levava, sem a menor pertinência, a invocar lembranças amigáveis. Exortavam-me — sem nenhum motivo aparente — a contar de novo a célebre piada do Rapazote Sem Sorte[5] ou a confirmar os detalhes já fornecidos anteriormente a respeito da inteligência do pônei do presbitério.

Foi, em parte, devido a momentos como esses, e em parte a outros bastante diversos, que, dado o rumo que minha situação havia tomado, meu dilema, como o venho chamando, tornou-se mais palpável do que nunca. Seria de imaginar que o fato de os dias passarem sem que eu tivesse um novo encontro tivesse alguma influência tranquilizadora sobre mim. Desde o brevíssimo testemunho, naquela segunda noite no patamar da escada, da presença de uma mulher nos primeiros degraus, eu nada vira, dentro ou fora de casa, que preferisse não ter visto. Não eram raras as vezes que eu me preparava para encontrar Quint num desvão da casa, e tampouco o eram as situações que, puramente pelo que possuíam de sinistro, teriam sido propícias à aparição da srta. Jessel. Do mesmo modo que viera, o verão se fora; o outono havia se abatido sobre Bly e reduzido pela metade a luz de que dispúnhamos. O lugar, com seu céu cinzento e suas guirlandas ressequidas, seus vastos espaços e

---

5 No original, "Goody Gosling", possivelmente uma referência a uma cantiga tradicional inglesa sobre a Mamãe Gansa, personagem comum em contos de fadas de diversos países europeus. "Gosling" pode designar tanto um filhote de ganso como uma pessoa inexperiente e ingênua.

suas folhas secas espalhadas pelo chão, parecia um teatro depois de encerrado o espetáculo — forrado de programas amassados. Havia inconfundíveis estados atmosféricos, condições de som e quietude, impressões inefáveis da *espécie* de momento favorável que me traziam de volta, por tempo bastante para que eu a discernisse, a sensação do meio em que, naquele entardecer de junho no jardim, eu tivera minha primeira visão de Quint, e no qual, além disso, naquela segunda ocasião, depois de vê-lo pela janela, eu o procurara em vão entre os arbustos circundantes. Eu reconhecia os sinais, os presságios — reconhecia o momento, o local. No entanto, eles permaneciam desacompanhados e vazios, e eu continuava incólume — se é que se pode chamar assim uma jovem cuja sensibilidade, do modo mais extraordinário, havia não diminuído, porém se aguçado. Eu dissera em minha conversa com a sra. Grose acerca daquela cena arrepiante à beira do lago envolvendo Flora — e a deixara perplexa ao fazê-lo — que a partir daquele momento me causaria muito mais tormento perder meu dom do que o conservar. Expressei, na ocasião, o que trazia vivamente no espírito: a verdade de que, quer as crianças realmente os vissem ou não — uma vez que isso ainda não estava provado de fato —, eu preferia, sem a menor sombra de dúvida, como precaução, expor-me até onde fosse possível. Estava disposta a descobrir o que de pior houvesse para ser descoberto. O que vislumbrara então era a terrível possibilidade de que meus olhos se cegassem justamente quando os das crianças estivessem mais abertos do que nunca. Pois bem:

no momento, ao que parecia, meus olhos eram mesmo incapazes de enxergar — dádiva pela qual parecia uma blasfêmia não agradecer a Deus. Havia nisso, infelizmente, uma dificuldade: eu agradeceria a Ele com toda a alma caso não nutrisse, em igual proporção, uma convicção a respeito do segredo guardado por meus pupilos.

Como recapitular hoje os estranhos estágios da minha obsessão? Havia momentos de nosso convívio em que eu seria capaz de jurar que, literalmente, na minha presença, mas sem que eu o percebesse diretamente, os dois recebiam visitantes com quem tinham familiaridade e que acolhiam com agrado. Nessas ocasiões, se não me tivesse detido o risco de que o remédio se mostrasse pior do que a doença, minha exaltação teria aflorado à tona. "Eles estão aqui, eles estão aqui, seus pequenos crápulas", bradaria eu, "e agora vocês não têm como negar!" Os pequenos crápulas negavam o fato com toda a pujança redobrada de sua sociabilidade e ternura, justo nas profundezas cristalinas das quais — como o vislumbre de um peixe num riacho — cintilava o escárnio de sua posição vantajosa. Fora, na verdade, ainda mais profundo do que eu imaginava o choque que sofri na noite em que, da janela, na expectativa de avistar Quint ou a srta. Jessel à luz das estrelas, eu me defrontara com o menino cujo sono eu velava e constatara imediatamente que ele ostentava — visto que, sem pestanejar, o dirigiu a mim — o adorável olhar voltado para cima com o qual, das ameias que coroavam a torre onde eu me encontrava, a horrenda aparição de Quint estivera a se regozijar. Em matéria de susto, minha descoberta naquela ocasião havia superado todas as outras, e foi sobretudo nesse estado assustado que tirei minhas conclusões. Elas me atormentavam de tal maneira que por vezes, em momentos de crise, eu me fechava no quarto para ensaiar em voz alta — o que me trazia a um só tempo um alívio fantástico e um desespero renovado — a maneira como poderia abordar o assunto. Fazia-o por todos os ângulos enquanto andava às tontas pelo quarto, mas sempre fraquejava na hora de pronunciar os nomes monstruosos. Enquanto eles morriam em meus lábios, eu dizia a mim mesma que só haveria de contribuir para que eles representassem algo infame se, pronunciando-os, violasse o que devia ser o caso mais raro de delicadeza instintiva já testemunhado numa sala de estudos. Quando dizia a mim mesma: "*Eles* têm o bom-tom de guardar silêncio e você, em quem depositam tanta confiança, tem a baixeza de falar!", sentia-me enrubescer e cobria o rosto com as mãos. Depois dessas cenas secretas, eu desatava a língua mais do que nunca, tagarelando até que um de nossos prodigiosos e palpáveis silêncios — não há outro modo de descrevê-los — sobreviesse, a estranha e vertiginosa ascensão ou mergulho (tateio em busca das palavras certas!) numa quietude, uma suspensão de toda a vida, que nada tinha a ver com o aumento ou a diminuição do barulho produzido por nós no momento, e que eu era capaz de escutar a despeito de quaisquer arroubos de entusiasmo, recitações aceleradas ou acordes estrepitosos tocados no piano. Era nesses momentos que os outros, os intrusos, estavam presentes. Embora não fossem anjos, "passavam", como dizem os franceses, me deixando, pelo tempo que permanecessem, trêmula de medo de que dirigissem a suas pequenas vítimas uma mensagem ainda mais infernal ou uma imagem ainda mais vívida do que aquelas que haviam julgado apropriadas para mim.

O que era mais impossível de tirar da cabeça era a ideia cruel de que, fosse lá o que eu tivesse visto, Miles e Flora viam *mais* — coisas terríveis e inimagináveis, decorrentes de episódios assombrosos de sua relação de outrora com aqueles indivíduos. Tais coisas, naturalmente, faziam pairar na superfície, durante aquele período, uma gelidez que negávamos com veemência sentir; e tanto eu como os dois ficáramos, com a repetição, tão versados naquilo que toda vez, de modo quase automático, para indicar o fim do incidente, executávamos a mesmíssima sequência de movimentos. Era surpreendente, acima de tudo, como as crianças invariavelmente me beijavam com uma espécie de abandono tresloucado e jamais deixavam de fazer — quer uma, quer a outra — a preciosa pergunta que nos havia ajudado em não poucos momentos de perigo. "Quando a senhora acha que ele vai vir? Será que não devíamos escrever?" — nada era mais eficaz que essa pergunta, descobrimos por experiência, a fim de atenuar o constrangimento. "Ele", é claro, era o tio da Harley Street, e vivíamos alimentando a hipótese de que ele poderia chegar a qualquer momento para se juntar ao nosso círculo. Teria sido impossível dar menos estímulo a tal doutrina do que ele fizera até então, mas se não contássemos com o apoio que ela nos proporcionava, teríamos nos privado uns aos outros de algumas de nossas performances mais exímias. Ele nunca escrevia aos sobrinhos — o que podia ser egoísta, mas não deixava de constituir mais uma mostra da lisonjeira confiança que depositava em mim; pois o modo como um homem presta à mulher seu mais elevado tributo talvez não passe da extravagante celebração de alguma das leis sagradas de seu próprio conforto; e eu julgava agir de acordo com o espírito de meu compromisso de não o incomodar quando dava a entender a meus pupilos que as cartinhas deles não passavam de adoráveis exercícios literários. Eram belas demais para serem enviadas; guardava-as para mim; estão até hoje intactas na gaveta. Essa era uma regra que, de fato, só fazia aumentar o efeito satírico da renovação diária da suposição de que, a qualquer momento, o tio deles estaria entre nós. Era como se meus pupilos soubessem perfeitamente que poucas situações seriam mais constrangedoras para mim. Ademais, não me parece haver, quando olho para trás, nenhum aspecto mais extraordinário em toda a situação do que o simples fato de que, apesar da minha tensão e do seu triunfo, em momento algum eu perdia a paciência com as crianças. Quão adoráveis não tinham de ser, reflito agora, para que naqueles tempos eu não as odiasse! Teria minha exasperação, porém, caso o alívio tivesse sido adiado por mais tempo, terminado por me trair? A resposta pouco importa, pois o alívio veio. Embora eu assim o chame, esse alívio não foi maior do que aquele trazido à tensão de uma corda no momento de seu súbito rompimento ou a um dia de calor sufocante pela queda de uma tempestade. Era, pelo menos, uma mudança, e chegou num abrir e fechar de olhos.

Capítulo 14

Caminhando para a igreja numa manhã de domingo, eu tinha o pequeno Miles ao meu lado e sua irmã, que ia à frente com a sra. Grose, bem à vista. Era um dia fresco e ensolarado, o primeiro do tipo em algum tempo. A noite trouxera um pouco de geada, e o ar outonal, límpido e cortante, tornava quase alegre o badalar dos sinos da igreja. Não era senão uma curiosa contingência mental que eu me encontrasse, num momento como aquele, particularmente consciente e agradecida da obediência de meus pequenos pupilos. Por que nunca pareciam insatisfeitos com minha constante e inexorável presença? Algo me chamou a atenção para o fato de que eu trazia o menino quase espremido contra meu xale e que, a julgar pela maneira como nossas companheiras marchavam diligentemente a certa distância, um observador poderia pensar que eu estava me prevenindo contra o perigo de uma rebelião. Eu era como um carcereiro de olho em possíveis surpresas e fugas. Tudo isso, porém, era apenas parte — refiro-me à magnífica subordinação das crianças — do conjunto especial de fatos que eram nada menos que abismais. Vestido a caráter para o domingo com as roupas confeccionadas pelo alfaiate do tio, o qual, além de ter carta branca, era especialista em coletes e soubera muito bem realçar o portezinho altaneiro do menino, Miles trazia de tal modo estampada em si toda a prerrogativa de independência, os direitos que seu sexo e sua condição social lhe outorgavam que, se tivesse subitamente reivindicado a própria liberdade, eu nada teria a dizer. Estava eu, pelo mais estranho acaso, imaginando como haveria de reagir a tal situação quando a revolução rebentou de forma inequívoca. Assim me refiro ao que ocorreu pois vejo agora como, às palavras de Miles, as cortinas se abriram para o último ato de meu drama medonho e a catástrofe se precipitou.

— Olhe, minha cara — disse, com um ar encantador —, a senhora sabe me dizer, por favor, quando é que vou finalmente voltar à escola?

Transcrita aqui, a fala soa inofensiva, sobretudo se imaginada na voz doce, aguda e descontraída com que, sobre qualquer interlocutor, mas em especial sobre sua eterna preceptora, ele projetava entonações como se jogasse rosas. Havia algo nessas inflexões que volta e meia me deixava desconcertada, e tanto foi assim naquele momento que detive o passo tão bruscamente quanto se uma das árvores do parque tivesse tombado no caminho. Surgira, em questão de segundos, algo de novo entre nós, e ele tinha perfeita consciência de que eu reconhecia esse fato, muito embora, para permitir que eu o fizesse, ele não tivesse precisado perder nada de sua candura ou de seu encanto habituais. Tive a impressão de que Miles, como eu demorava a encontrar uma resposta, já havia percebido a vantagem que conquistara. Tanto me custou atinar com o que dizer que ele teve tempo suficiente para, após uma pausa, acrescentar com seu sorriso insinuante, embora inconclusivo:

— A senhora sabe, minha cara, como é, para um rapaz, estar o tempo *todo* em companhia de uma senhora...!

Aquele "minha cara" estava sempre em seus lábios quando se dirigia a mim, e nada poderia exprimir melhor o matiz exato do sentimento que eu desejava inspirar a meus pupilos do que a familiaridade afetuosa da expressão. Era tão respeitosamente fácil.

Mas, ah, como senti, naquele instante, que precisava escolher com todo o cuidado as palavras! Lembro que, para ganhar tempo, tentei rir, mas julguei entrever no lindo rostinho que me observava o quanto meu próprio semblante era feio e estranho naquele momento.

— E sempre com a mesma senhora, não é mesmo? — retruquei.

Ele não piscou nem empalideceu. Tudo estava praticamente às claras entre nós.

— Ah, trata-se, é claro, de uma senhora muito simpática e encantadora; mas, no fim das contas, sou um rapaz, não é mesmo? E que está... bem, ficando grandinho.

Fitei-o por um instante com a maior ternura.

— Sim, você está mesmo ficando grandinho.

Ah, mas como eu me sentia impotente! Guardo até hoje a impressão de doer o coração de que ele sabia disso e usava esse fato a seu favor.

— E a senhora não pode dizer que eu não venho me comportando como um anjinho, não é verdade?

Pousei a mão em seu ombro, uma vez que, embora preferisse com todas as forças que recomeçássemos a andar, ainda não me sentia plenamente capaz de fazê-lo.

— Não, Miles, não seria justo dizer isso.

— A não ser por aquela noite, a senhora sabe...!

— Aquela noite?

Eu não conseguia encarar as coisas tão de frente quanto ele.

— Ora, aquela em que eu desci... e saí de casa.

— Ah, é mesmo. Mas já esqueci por que fez aquilo.

— A senhora esqueceu? — perguntou ele, com a doce extravagância da repreensão infantil. — Ora, foi só para mostrar à senhora que eu podia!

— Ah, sim, você podia mesmo.

— E continuo podendo.

Senti que, afinal de contas, eu talvez fosse capaz de manter a cabeça no lugar.

— Sem dúvida. Mas não vai repetir a dose.

— Ah, não, *aquilo* de novo, não. Foi só uma besteira.

— Foi só uma besteira — repeti. — Mas agora vamos andar.

Ele retomou a caminhada ao meu lado, entrelaçando o braço ao meu.

— E quando é, afinal, que eu vou voltar?

Ostentei, enquanto buscava uma resposta, o ar mais responsável que fui capaz de assumir.

— Você era tão feliz assim no colégio?

Ele refletiu não mais que um instante.

— Ah, sou feliz em qualquer lugar!

— Bem, se é assim — disse eu com a voz trêmula —, e você se sente igualmente feliz quando está aqui...

— Ah, mas isso não é tudo! É *claro* que a senhora sabe muito...

— Mas você fala como se soubesse quase tanto quanto eu. — Arrisquei quando ele fez uma pausa.

— Nem metade do que gostaria de saber! — confessou Miles, com honestidade. — Mas essa não é a questão.

— Qual é, então?

— Bem... eu quero ver mais da vida.

— Entendo, entendo.

Já podíamos avistar a igreja e um pequeno aglomerado de pessoas, entre elas alguns dos serviçais de Bly, que também se dirigiam ao culto e haviam se postado junto à porta para nos ver entrar. Apertei o passo; queria chegar logo, antes que nosso assunto se desdobrasse ainda mais; refleti, desejosa, que por mais de uma hora Miles seria obrigado a ficar calado; e ansiei pela relativa escuridão em que estariam imersos os bancos da igreja e pela ajuda quase espiritual do estrado acolchoado em que eu pousaria meus joelhos. Era como se eu estivesse literalmente apostando corrida contra a perturbação a que o menino estava prestes a me reduzir, mas senti que ele já havia me derrotado quando, antes mesmo de atingirmos o cemitério da igreja, ele soltou:

— Quero estar com meus semelhantes!

Tive um sobressalto.

— Não há muitos semelhantes a você por aí, Miles! — respondi, rindo. — A não ser, talvez, pela pequena Flora!

— A senhora está mesmo me comparando a uma menininha?

Essa resposta me pegou particularmente desprevenida.

— Então você não *ama* nossa querida Flora?

— Se eu não a amasse... e à senhora também; se eu não amasse vocês...! — repetiu como se se preparasse para um salto, porém deixou o raciocínio de tal modo em aberto que, depois de cruzarmos o portão, uma nova parada, que ele me impôs apertando meu braço com mais força, tornou-se inevitável. A sra. Grose e Flora já haviam entrado, seguidas pelos demais fiéis, e por um instante nos vimos a sós em meio à profusão de velhas sepulturas. Paráramos, no caminho que levava do portão à igreja, junto a um túmulo baixo e oblongo que lembrava uma mesa.

— Pois então? Se você não nos amasse...?

Enquanto eu esperava, ele passeava a vista pelas sepulturas.

— Bem, a senhora sabe!

Mas não se mexeu, e em seguida perguntou algo que me fez cair sentada sobre a lápide, como se subitamente necessitada de repouso.

— Meu tio pensa o mesmo que *a senhora*?

Não fiz questão de esconder que recobrava minhas forças.

— Como você sabe o que eu penso?

— Ah, bem, é claro que eu não sei, já que a senhora nunca me diz. Mas e *ele*, sabe?

— Sabe o quê, Miles?

— Ora, como eu estou me comportando.

Percebi de imediato que não seria possível dar a essa pergunta uma resposta que não comprometesse, em alguma medida, meu empregador. Entretanto, parecia-me que já estávamos todos, em Bly, suficientemente comprometidos para que aquilo não passasse de um pecado venial.

— Acho que seu tio não se importa muito com isso.

Miles, ao ouvir isso, ficou me encarando.

— A senhora não acha, então, que devíamos obrigá-lo a se importar?

— E de que maneira?

— Ora, fazendo com que ele tenha que vir até aqui.

— Mas quem é que vai fazer isso?

— Eu, ué! — exclamou o menino com um entusiasmo e uma ênfase extraordinários. Depois me lançou um olhar carregado dessa expressão e, com passos decididos, entrou sozinho na igreja.

Capítulo 15

A questão ficou praticamente resolvida a partir do momento em que decidi não o seguir. Era uma rendição patética ao nervosismo, mas nem mesmo a consciência desse fato teve o poder de me restaurar as forças. Limitei-me a ficar sentada em meu túmulo absorvendo as palavras de meu amiguinho e todo o seu significado; quando me dei por satisfeita, já havia adotado, para minha ausência, o pretexto de que me envergonharia dar a meus pupilos e ao resto da congregação tão grave exemplo de atraso. O que disse a mim mesma, acima de tudo, foi que Miles havia extraído algo de mim, e que a prova disso, para ele, seria justamente aquele colapso constrangedor. O que ele extraíra era o fato de que havia algo que eu temia muito, e que ele provavelmente seria capaz de tirar proveito desse medo a fim de conquistar mais liberdade. Meu medo era ter de enfrentar a insuportável questão dos motivos pelos quais ele fora expulso do colégio, pois esta, na verdade, não era outra senão a questão dos horrores que estavam na origem do ocorrido. A hipotética visita de seu tio para tratar comigo do assunto era uma solução que, a rigor, eu deveria desejar que se confirmasse; sentia-me, porém, de tal modo incapaz de encarar a desgraça e o sofrimento que ela implicaria que não fazia mais que procrastinar, evitando pensar no futuro. O rapaz, para minha profunda inquietação, estava coberto de razão e em posição de me dizer: "Ou a senhora esclarece com meu tutor essa misteriosa interrupção dos meus estudos, ou para de esperar que eu viva em sua companhia uma vida tão antinatural para um rapaz". O que era tão antinatural para o rapaz em questão era essa súbita revelação de uma consciência e de um plano.

Fora isso, de fato, o que me deixara tão transtornada a ponto de desistir de entrar. Andei ao redor da igreja, trepidante, errática; refleti que, no que dizia respeito a Miles, eu já havia sofrido um dano irreparável. Logo, em nada seria possível remediar a situação, e me espremer ao lado dele no banco da igreja constituiria um esforço penoso demais: ele se sentiria mais confiante do que nunca para me dar o braço e me fazer ficar sentada por uma hora em contato próximo e silencioso com suas reflexões acerca de nossa conversa. Pela primeira vez desde sua chegada, eu queria me distanciar dele. Quando parei ao pé da alta janela da parede leste da igreja e fiquei ali escutando o culto, fui tomada por um impulso que, pelo que me pareceu, seria capaz de se apoderar completamente de mim ao mais leve traço de encorajamento. Eu podia, com facilidade, pôr um fim ao meu tormento afastando-me de vez dali. Lá estava minha oportunidade; não havia ninguém para me impedir; eu podia me desobrigar de tudo aquilo — virar as costas e ir embora. Bastaria voltar depressa, a fim de fazer alguns preparativos, para a casa, que teria ficado praticamente vazia devido à presença de tantos serviçais na igreja. Ninguém, em suma, poderia me condenar se eu me rendesse ao desespero e simplesmente batesse em retirada. De que me adiantava fugir e em seguida retornar para o jantar? Isso me daria apenas duas horas, ao fim das quais — eu antevia claramente — meus pequenos pupilos afetariam um espanto inocente diante de minha ausência em sua procissão.

"O que deu na senhora, sua danadinha? Nos deixou tão preocupados que não conseguimos pensar em outra coisa, sabia disso? Por que nos deixou justo quando estávamos prestes a entrar?" Eu não conseguiria fazer frente a tais perguntas, nem tampouco ao gracioso olharzinho falso com que os dois as fariam; no entanto, estava tão claro que era exatamente aquilo o que me aguardaria que, conforme a perspectiva ganhava contornos mais nítidos na minha imaginação, acabei cedendo ao impulso de escapulir.

Pelo menos no que se tratava do momento imediato, fugi; deixei o cemitério da igreja e, absorvida em pensamentos, fiz o caminho de volta pelo parque. Ao chegar à casa, já me sentia determinada a levar a cabo minha fuga. A calmaria dominical, tanto nas redondezas como em seu interior, onde não encontrei ninguém, aguçaram minha percepção da abertura de uma brecha. Se eu fosse ágil e partisse sem delongas, conseguiria escapar sem causar uma comoção ou me ver obrigada a dar satisfações. Minha rapidez, no entanto, teria de ser notável, e a questão do meio de transporte era o grande problema a ser resolvido. Atormentada, no vestíbulo, com as dificuldades e os obstáculos, lembro que me deixei cair sentada ao pé da escada — desabei no primeiro degrau e, com um assomo de repulsão, recordei ter sido exatamente ali que, havia mais de um mês, na escuridão da noite e tão assoberbada quanto agora por coisas malfazejas, eu vira o espectro da mais horrível das mulheres. Diante da lembrança, reuni forças para me pôr de pé; galguei o restante dos degraus; dirigi-me, em meio àquela confusão, à sala de estudos, onde havia pertences meus que eu tinha de recolher. Tão logo abri a porta, porém, constatei, numa fração de segundo, que novamente meus olhos se encontravam desvelados. Diante do que vi, recuei de imediato, cambaleante, em meu propósito de resistência.

Vi, sentada à minha mesa, em plena luz do meio-dia, uma pessoa que, não fosse minha experiência anterior, eu teria tomado à primeira vista por alguma criada que tivesse ficado encarregada de guardar a casa e que, valendo-se daquela rara ausência de vigilância, da mesa da sala de estudos, de minhas canetas, tinta e papel, resolvera se dedicar à valorosa tarefa de escrever uma carta ao namorado. Havia um esforço na maneira como, com os cotovelos apoiados na mesa, ela usava as mãos, com evidente cansaço, para sustentar a cabeça; no momento em que percebi isso, porém, já tinha me dado conta de que, estranhamente, apesar de minha entrada, sua atitude em nada se alterara. Foi então — no instante seguinte a seu anúncio — que sua identidade me saltou aos olhos graças a uma mudança de postura. Ela se ergueu, não como se tivesse me ouvido, e sim com uma indescritível e majestosa melancolia repassada de indiferença e distanciamento, e, a poucos passos de onde eu estava, revelou-se a mim como minha infame antecessora.

Desonrada e trágica, ali estava ela; enquanto eu a mirava e a fixava na memória, no entanto, a pavorosa imagem se esvaeceu. Sombria como a meia-noite com seu vestido escuro, sua beleza decrépita e sua dor inefável, ela me olhara por tempo suficiente para que desse a impressão de dizer que seu direito de se sentar à minha mesa era tão legítimo quanto o meu de me sentar à dela. De fato, enquanto duraram esses instantes, tive a sensação extraordinariamente arrepiante de que a intrusa, na verdade, era eu. Foi como um protesto feroz contra isso que, ao interpelá-la por fim — "Sua crápula miserável!" —, me peguei soltando um berro que, com a porta aberta, ecoou pelo extenso corredor e por todo o casarão vazio. Ela me olhou como se o tivesse ouvido, mas eu já havia me recuperado e limpado o ar. Um instante depois, nada restava no quarto além de raios de sol e a convicção de que eu tinha de ficar.

Capítulo 16

Tal era minha certeza quanto aos protestos que meus pupilos haveriam de fazer ao retornar que fiquei duplamente abalada ao constatar o silêncio dos dois no que se referia à minha ausência. Em vez de me censurarem lepidamente e me encherem de carícias, eles nada comentaram a respeito de minha deserção, de modo que só me restou, por ora, percebendo que tampouco ela se manifestava, analisar o curioso semblante da sra. Grose. Tanto o fiz que acabei me convencendo de que as crianças haviam comprado de alguma maneira seu silêncio; um silêncio que, no entanto, eu me dedicaria a vencer tão logo conseguisse ficar a sós com ela. A oportunidade surgiu pouco antes da hora do chá: consegui retê-la por cinco minutos em seu quarto, onde, ao entardecer, no recinto impregnado do cheiro de pão recém-saído do forno, mas muito bem varrido e bem-arrumado, encontrei-a sentada diante da lareira numa placidez angustiada. É como a vejo ainda, é como a vejo melhor: encarando o fogo, empertigada numa cadeira no quarto imerso na penumbra flamejante, a imagem perfeita da capitulação — de gavetas fechadas a chave, do repouso à falta de remédio.

— Foi isso mesmo, eles me pediram para não dizer nada; e, para agradá-los enquanto estavam ali, é claro que prometi. Mas o que aconteceu com a senhorita?

— Só fui com vocês pela caminhada — aleguei. — Precisava voltar para encontrar uma amiga.

Ela se mostrou surpresa.

— Uma amiga? *A senhorita*?

— Ora, tenho uma ou outra! — respondi, rindo. — Mas as crianças lhe deram algum motivo?

— Para não tocar no assunto? Sim, disseram que a senhorita preferiria assim. É verdade?

Minha expressão a encheu de um remorso instantâneo.

— Não, não prefiro! — exclamei, mas após um instante emendei: — Por acaso eles disseram por que eu preferiria?

— Não. Miles disse apenas: "Só devemos fazer o que a agrada!".

— Quem me dera! E Flora, o que disse?

— Foi um doce. Disse "Ah, claro, claro!". E eu disse o mesmo.

Refleti um instante.

— A senhora também foi um doce... Posso imaginar a conversa dos três. Em todo caso, a verdade é que agora está tudo às claras entre mim e Miles.

— Às claras? — repetiu minha colega com os olhos arregalados. — Tudo o quê, senhorita?

— Tudo. Não importa. Já tomei minha decisão. Voltei para casa, minha cara — prossegui —, para ter uma conversa com a senhorita Jessel.

Àquela altura, eu já havia me habituado a garantir que a sra. Grose estivesse em minhas mãos antes de abordar aquele tema; de modo que, mesmo agora, enquanto ela reagia às minhas palavras com uma perplexidade valente, consegui mantê-la relativamente inabalável.

— Uma conversa! A senhorita está me dizendo que ela falou?

— Foi o que me pareceu. Assim que cheguei, topei com ela na sala de estudos.

— E o que foi que ela disse?

Ainda consigo ouvir aquela boa mulher e a candidez de sua estupefação.

— Que sofre os tormentos...!

Na verdade, foram essas palavras que a fizeram, conforme compreendeu aonde eu chegaria, ficar boquiaberta.

— A senhorita quer dizer... — disse, hesitante — dos perdidos?

— Dos perdidos. Dos malditos. E é por isso, para compartilhá-los...

Eu mesma vacilei diante do horror do que estava prestes a dizer. Mas minha companheira, menos imaginativa, me obrigou a continuar:

— Para compartilhá-los...?

— Ela quer Flora.

A sra. Grose poderia, no momento em que eu lhe disse isso, ter me escapado caso eu não estivesse prevenida. Tratei de fisgá-la e mostrar que estava.

— Mas, como já lhe disse, isso não tem importância.

— Porque a senhorita já tomou sua decisão... Mas de fazer o quê?

— Tudo.

— E o que seria "tudo"?

— Ora, chamar o tio das crianças.

— Ah, senhorita, faça-me o favor — clamou minha amiga.

— Ah, mas pode ter certeza que vou! Estou convicta de que é a única saída. O que está "às claras", como lhe disse, com Miles é que, se ele pensa que eu tenho medo de fazer isso e tem ideias dos benefícios que ganhará com essa situação, vai ver que está enganado. Sim, sim; hei de dizer ao tio dele aqui mesmo (e diante do próprio menino, se for necessário) que, se mereço censuras por não ter feito nada para resolver o problema do colégio...

— Sim, sim... — encorajou-me minha amiga.

— Bom, há aquele motivo terrível para explicá-lo.

Havia claramente, àquela altura, tantos motivos que se encaixavam na descrição que julguei perdoável a confusão da minha pobre colega.

— Mas... é... qual?

— Ora, a carta do antigo colégio.

— A senhorita vai mostrá-la ao patrão?

— É o que devia ter feito no instante em que a recebi.

— Ah, não! — disse a sra. Grose, decidida.

— Vou dizer com todas as palavras — continuei, inexorável — que não posso me comprometer a resolver a questão em nome de uma criança que foi expulsa...

— Por um motivo que nem sequer chegou aos nossos ouvidos! — completou a sra. Grose.

— Por perversidade. Que outra razão pode haver se ele é tão inteligente, bonito, perfeito? Por acaso é inepto?

Sujo? Doente? Travesso? Ele é impecável, portanto só pode ser *isso*; e isso traria à tona todo o resto. Afinal de contas — prossegui —, a culpa é do tio dele. Se permitiu a presença de tais pessoas aqui...!

— A verdade é que ele mal as conhecia. A culpa é minha — declarou, empalidecida.

— Bem, não é certo que a senhora sofra — respondi.

— Não é certo que as crianças sofram! — contestou ela enfaticamente.

Fiquei em silêncio por alguns instantes e, nesse meio-tempo, trocamos um olhar.

— Pois bem, o que digo a ele?

— Não precisa dizer nada. Eu mesma direi.

Ponderei aquilo.

— A senhora pretende escrever...? — cheguei a dizer, mas, lembrando que isso lhe seria impossível, consertei: — Como vocês se comunicam?

— Eu dito para o mordomo. Ele escreve.

— E a senhora gostaria que ele escrevesse nossa história?

Imprimi à pergunta uma força sarcástica que não fora de todo proposital, e que fez com que ela, após um instante, desmoronasse subitamente. Seus olhos voltaram a se encher de lágrimas.

— Ah, a senhorita escreve!

— Pois bem. Esta noite — respondi, por fim, e em seguida nos separamos.

Capítulo 17

À noitinha, cheguei a redigir as primeiras linhas. O tempo havia mudado, uma forte ventania soprava lá fora e, à luz de um lampião, em meu quarto, com Flora dormindo um sono tranquilo ao meu lado, fiquei por um longo tempo sentada diante de uma folha em branco, escutando os fustigos da chuva e as lufadas da ventania. Por fim, empunhei uma vela e saí; atravessei o corredor e me deixei ficar à escuta por alguns segundos diante da porta de Miles. O que, em minha infindável obsessão, eu esperava identificar era algum sinal de que ele estivesse acordado, e não tardou para que isso se confirmasse, embora não da maneira como eu esperava. Sua voz tiniu:

— Ei, você aí... entre!

Uma irrupção de alegria na escuridão!

Entrei com minha vela e encontrei-o, na cama, muito desperto e à vontade.

— Vê se pode... O que é que a senhorita está aprontando? — perguntou com uma sociabilidade graciosa em que, pensei de repente, a sra. Grose teria, se estivesse presente, procurado em vão por uma prova de que havia mesmo algo "às claras".

Parei ao lado da cama com a vela na mão.

— Como sabia que eu estava ali?

— Ora essa, é claro que ouvi o barulho, ou pensa que não fez nenhum? A senhora parecia mais uma tropa de cavalaria! — disse, com uma linda risada.

— Então você não estava dormindo?

— Longe disso! Eu deito e fico pensando.

Eu havia colocado a vela, de propósito, sobre uma superfície próxima e, quando ele me estendeu, como de costume, sua mão amigável, sentei-me na beira da cama.

— E no que é — perguntei — que você fica pensando?

— E em que mais seria, minha cara, além de na *senhora*?

— Ah, por mais que eu me orgulhe de seu apreço, isso passa longe de me agradar! Preferiria mil vezes que dormisse.

— Bom, eu também fico pensando, sabe, nessa nossa história maluca.

Notei a frieza de sua mãozinha firme.

— Que história maluca, Miles?

— Ora, como a senhora me educa e tudo mais!

Quase perdi o ar por um momento, e mesmo à luz bruxuleante da minha vela pude perceber que ele sorria para mim do travesseiro.

— O que você quer dizer com tudo mais?

— Ah, a senhora sabe, a senhora sabe!

Não consegui dizer nada por um minuto, embora sentisse, enquanto segurava a mão de Miles e continuávamos a nos entreolhar, que meu silêncio tinha todo o jeito de uma admissão de sua acusação, e que talvez nada em todo o universo da realidade fosse naquele momento tão fabuloso quanto nossa relação.

— É certo que você voltará para a escola — disse eu —, se é isso que o preocupa. Mas não para seu colégio antigo... precisamos encontrar outro, melhor. Como eu podia saber que essa questão o incomodava se você nunca me disse, nunca sequer tocou no assunto?

Seu rosto casto e atento, emoldurado pela própria brancura imaculada, tornou-o por um momento tão comovente quanto um paciente desalentado num hospital infantil; e eu teria dado, quando a comparação me ocorreu, tudo que possuía neste mundo para ser a enfermeira ou a irmã de caridade capaz de curá-lo. Bem, mesmo no atual estado das coisas, quem sabe eu não pudesse ajudar?

— Sabe que você nunca me disse uma única palavra sobre o colégio antigo; nunca o mencionou de maneira alguma?

Ele parecia refletir; sorria com aquela graciosidade habitual. Nitidamente, porém, ganhava tempo; Miles esperava, rogava por instruções.

— Nunca mesmo?

Não era a *minha* ajuda que ele esperava — era a da coisa com que eu havia me deparado! Algo no tom de sua voz e na expressão de seu rosto, quando compreendi isso, produziu em meu coração um aperto que eu jamais experimentara antes, tão indescritivelmente tocante era ver seu pequeno cérebro embasbacado e seus modestos recursos destinados completamente à representação, sob o jugo do feitiço que lhe fora lançado, de um papel de inocência e impassibilidade.

— Nunca, desde o momento de sua chegada. Você nunca mencionou nenhum de seus professores, nenhum de seus colegas, absolutamente nada que tenha se passado com você no colégio. Nunca, meu pequeno Miles, nem por sombra, você me deu a mais vaga sugestão de nada que *possa* ter acontecido por lá. Pode imaginar, portanto, o quanto estou no escuro. Até você se abrir, daquela forma, hoje de manhã, mal se poderia dizer que, desde o instante em que o vi pela primeira vez, você já tivesse feito qualquer referência a sua vida anterior. Você parecia aceitar tão perfeitamente o presente!

Era extraordinário como a convicção absoluta que eu tinha de sua precocidade secreta — ou fosse lá como se pudesse chamar o veneno de uma influência a que eu não ousava me referir senão por meias palavras — fazia-o, apesar da leve sombra de sua inquietação interior, parecer tão acessível quanto um adulto — impunha-o quase como um igual em termos de capacidade intelectual.

— Pensei que você quisesse que as coisas continuassem como estão.

Pareceu-me que, ao ouvir isso, Miles corou de leve. Fosse como fosse, assim como faria um convalescente um tanto exausto, ele meneou a cabeça languidamente.

— Não... não quero. Quero ir embora.

— Está enjoado de Bly?

— Não, não é isso! Gosto de Bly.

— Então o que é?

— Ah, a senhora *sabe* o que os meninos querem!

Senti que não sabia tão bem quanto ele, e me refugiei nisso temporariamente.

— Você quer ir para a casa de seu tio?

Mais uma vez, diante dessa pergunta, com seu rostinho doce e irônico, ele balançou a cabeça em negativa no travesseiro.

— Ah, a senhora não vai se safar assim tão fácil!

Emudeci por um instante, e creio que, desta vez, fui eu quem corou.

— Meu querido, não desejo me safar!

— Pois a senhora não pode, mesmo que deseje. Não pode, não pode! — exclamou enquanto me encarava com seu rostinho angelical. — Meu tio precisa vir para cá e vocês precisam resolver as coisas de uma vez por todas.

— Se o fizermos — retruquei, tomando alento —, pode ter certeza de que vai ser para levá-lo embora daqui.

— E você não entende que é tudo o que mais quero? A senhora vai ter que contar a ele... como foi que descobriu. Vai ter que contar um bocado de coisas!

A exultação com que pronunciou essas palavras me ajudou de certo modo, por um instante, a confrontá-lo com ainda mais veemência.

— E o quanto você, Miles, não terá que contar a seu tio? Ele também vai querer saber um bocado de coisas!

Ele refletiu.

— É bem provável. Mas que tipo de coisas?

— As coisas que você nunca me contou. Para decidir o que fazer com você. Ele não pode mandá-lo de volta...

— Ah, e nem eu quero isso! — atalhou. — Quero ares novos.

Disse isso com uma serenidade admirável, com uma alegria categórica e irrepreensível; e sem dúvida foi precisamente esse aspecto que me evocou mais que qualquer outro a pungência, a tragédia infantil antinatural contida em sua provável reintegração no mundo, ao fim de três meses, com todas aquelas bravatas e uma desonra ainda maior. Assaltou-me, então, a convicção de que eu não seria capaz de suportar aquilo, e não pude refrear meus impulsos. Lancei-me sobre ele e, com toda a ternura que me inspirava minha compaixão, abracei-o.

— Meu querido Miles, meu querido Miles...!

Meu rosto estava próximo ao dele, e ele me deixou beijá-lo, aceitando-o com um bom humor indulgente.

— O que é que foi, sua velhinha?

— Não há nada, nada mesmo que você queira me contar?

Ele se desvencilhou um pouco de mim, voltando o rosto para a parede e erguendo a mão para olhá-la, tal como se veem crianças enfermas fazerem.

— Eu já lhe disse... já lhe disse hoje de manhã.

Ah, como me compadeci dele!

— Que você só quer que eu não lhe dê preocupações?

Tornou a olhar para mim, como em reconhecimento de minha compreensão; então, com toda a doçura, replicou:

— Que me deixe em paz.

Havia até mesmo um leve e curioso toque de dignidade em sua resposta, algo que me fez soltá-lo e, no entanto, depois de lentamente me endireitar, permanecer ao lado dele. Deus sabe que nunca desejei importuná-lo, mas senti, naquele momento, que lhe dar as costas equivaleria a abandoná-lo ou, mais precisamente, perdê-lo.

— Acabo de começar a escrever uma carta para seu tio — anunciei.

— Ora, então trate de terminar!

Esperei um pouco.

— O que aconteceu antes?

Ele tornou a erguer os olhos para mim.

— Antes do quê?

— Antes de você voltar. E antes de partir.

Ele ficou calado por algum tempo, mas continuou me fitando nos olhos.

— O que aconteceu?

O som dessas palavras, em que julguei identificar pela primeira vez o mais leve tremor de uma consciência aquiescente, me fez cair de joelhos ao lado da cama e agarrar mais uma vez a oportunidade de me apossar dele.

— Meu querido Miles, meu querido Miles, se você *soubesse* o quanto eu quero ajudá-lo! É só isso, nada além disso, eu preferiria morrer a lhe causar qualquer sofrimento ou lhe fazer qualquer mal... preferiria morrer a causar dano a um fio de cabelo sequer da sua cabecinha. Meu querido Miles — ah, agora já não havia como me conter, mesmo sob o risco de ir longe demais —, só quero que você me ajude a salvá-lo!

No instante seguinte, porém, tive a certeza de que havia me excedido. A resposta ao meu apelo foi instantânea, mas veio sob a forma de um som estrepitoso e um frio súbito, uma lufada de ar glacial e um estremecimento tão intenso do quarto que a sensação era a de que a janela tinha sucumbido à fúria da ventania. O menino deu um grito alto e estridente que, perdido em meio à explosão de ruídos, poderia ser tomado, indistintamente, embora eu estivesse tão perto dele, por uma exclamação tanto de júbilo como de terror. Pus-me de pé com um pulo e dei-me conta da escuridão. Assim permanecemos por um momento, enquanto eu olhava em torno e verificava que as cortinas continuavam cerradas e a janela, em seu devido lugar.

— Ora, a vela se apagou! — exclamei em seguida.

— Fui eu que soprei, minha cara! — disse Miles.

Capítulo 18

No dia seguinte, depois das lições, a sra. Grose aproveitou uma oportunidade para me perguntar discretamente:

— Já escreveu, senhorita?

— Escrevi, sim.

Não acrescentei — por ora — que minha carta, selada e endereçada, continuava no meu bolso. Havia tempo de sobra para despachá-la antes que o mensageiro fosse ao vilarejo. Nesse ínterim, meus pupilos protagonizaram a manhã mais brilhante e exemplar que eu já presenciara. Era exatamente como se os dois tivessem se proposto a dissipar todo e qualquer mínimo atrito ocorrido nos últimos dias. Realizaram as mais vertiginosas proezas aritméticas, transcendendo consideravelmente meu limitado alcance, e trocaram, com mais vivacidade do que nunca, gracejos geográficos e históricos. Era sobretudo em Miles, é claro, que se fazia notável o anseio de demonstrar como lhe seria fácil me desapontar. Esse menino, em minha memória, habita um cenário de beleza e desalento impossível de traduzir em palavras; havia uma distinção toda sua em cada impulso que ele revelava; nunca houve outra criaturinha natural, toda franqueza e liberdade para o olho inadvertido, que se revelasse um cavalheiro de tal modo engenhoso e extraordinário. Eu tinha que me vigiar o tempo todo para não ceder à contemplação admirada em que minha visão advertida insistia em recair; para refrear o olhar distraído e o suspiro desalentado com que eu repetidamente acometia e punha de lado o enigma do que teria feito um pequeno cavalheiro como aquele para merecer punição. Digamos que, através do prodígio nefasto de que eu tinha ciência, a imaginação de todo o mal houvesse de fato se aberto para ele: todo o senso de justiça que havia em mim pedia por uma prova de que essa imaginação realmente desabrochara num ato.

Miles, em todo caso, jamais havia se portado de tal modo como um pequeno cavalheiro como quando, após almoçarmos cedo naquele dia tenebroso, aproximou-se e me perguntou se eu não gostaria que ele, por meia hora, tocasse para mim. Davi, ao tocar para Saul, não teria sido capaz de demonstrar um senso de oportunidade tão apurado.[6] Foi literalmente uma encantadora exibição de tato e magnanimidade, praticamente equivalente a dizer com todas as letras: "Os verdadeiros cavaleiros cujas histórias tanto gostamos de ler jamais usufruem de suas vantagens além da conta. Sei quais são os planos da senhora agora: em nome da própria paz e sossego, deixará de se preocupar comigo e me espionar, não irá me manter tão perto de si, permitirá que eu vá e venha a meu bel-prazer. Pois bem, eu 'venho', como a senhora vê, mas não vou! Haverá tempo de sobra para isso. Aprecio de verdade sua companhia, e tudo que desejo é lhe mostrar que, se lutei, foi só por uma questão de

6 Alusão ao episódio bíblico em que Davi, com sua harpa, acalma o rei Saul e afasta o espírito maligno que o atormentava.

princípio". Pode-se imaginar se resisti a esse apelo, se deixei de acompanhá-lo mais uma vez, de mãos dadas, até a sala de estudos. Ele se sentou ao velho piano e tocou como nunca havia tocado; e se houver quem pense que melhor seria caso se dedicasse a chutar uma bola, só posso dizer que estou de pleno acordo. Pois, ao fim de certo tempo, de cuja passagem, sob sua influência, eu estivera inteiramente alheia, saltei da cadeira com a estranha sensação de ter literalmente dormido em meu posto. Era depois do almoço, e o calor da lareira da sala de estudos estava agradável, e, no entanto, eu não cochilara nem por um segundo: fizera, na verdade, algo muito pior — esquecera. Onde, durante todo aquele tempo, estivera Flora? Quando perguntei a Miles, ele continuou a tocar por um tempo antes de responder, limitando-se a dizer:

— Ora, minha cara, como é que *eu* vou saber? — E desatou num riso alegre que, no instante seguinte, como se fosse um acompanhamento vocal, emendou a uma canção extravagante e desconjuntada.

Corri em direção ao meu quarto, mas sua irmã não estava lá; em seguida, antes de descer, verifiquei vários outros cômodos. Como não a encontrei em nenhum, concluí que estaria com a sra. Grose, de quem, com o consolo oferecido por essa teoria, saí à procura. Encontrei-a no mesmo local onde a encontrara na véspera, mas ela reagiu ao meu célere questionamento com uma ignorância perplexa e assustada. Presumira que, após a refeição, eu havia levado comigo as duas crianças; o que, aliás, tinha toda a razão de supor, pois era a primeira vez que eu permitia que a menininha saísse de perto de mim sem um combinado prévio. Ainda havia, é claro, a possibilidade de ela estar com as criadas, de modo que o melhor a fazer por ora era procurá-la sem alarde. Assim ficou combinado que faríamos; quando, porém, segundo estipuláramos, nos encontramos dez minutos depois no salão principal, nada tínhamos a relatar uma à outra senão que, após cautelosas investigações, seguíamos incapazes de localizá-la. Ali, protegidas do olhar alheio, trocamos por um momento silenciosas expressões de alarme e pude sentir o grande interesse com que, desde o princípio, minha amiga me retribuiu todas as que lhe dirigi.

— Ela só pode estar lá em cima — disse depois de algum tempo —, em algum dos quartos que a senhora não olhou.

— Não; está longe daqui. — Eu havia compreendido tudo. — Saiu de casa.

A sra. Grose me olhou com perplexidade.

— Sem chapéu?

Meu olhar, naturalmente, também traiu uma porção de coisas.

— Aquela mulher não anda sempre sem chapéu?

— Ela está com *ela*?

— Ela está com *ela*! — afirmei. — Precisamos achá-las.

Pousava a mão no braço da minha amiga, que, no entanto, se mostrou momentaneamente impossibilitada, diante de tal descrição do fato, de reagir à pressão que eu fazia. Pelo contrário, rendeu-se ali mesmo à inquietação.

— E onde está Miles?

— Ah, *ele* está com Quint. Estão na sala de estudos.

— Por Deus, senhorita!

Minha visão dos fatos, eu estava ciente — e por consequência, suponho, meu tom de voz —, nunca antes denotara uma convicção tão serena.

— O truque funcionou — prossegui. — O plano deles foi um sucesso. Miles encontrou o jeitinho mais divino do mundo de me distrair enquanto Flora fugia.

— Divino? — ecoou a sra. Grose, perplexa.

— Infernal, que seja! — retruquei, quase exultante. — E o plano também contempla o próprio Miles. Venha!

Ela olhava desamparada em direção ao teto.

— A senhorita vai deixá-lo...?

— Esse tempo todo com Quint? Sim, há coisas mais importantes no momento.

Ela sempre terminava, em situações como aquela, por tomar minha mão, e naquele momento se valeu do gesto para me impedir. Tendo reagido com espanto à minha súbita resignação, porém, perguntou irrequieta:

— Por causa da carta?

Rapidamente, como resposta, apalpei o bolso, retirei-a e a mostrei à sra. Grose; em seguida, libertei-me de sua mão e pus o envelope sobre a grande mesa do salão.

— Luke o levará — disse, voltando-me de novo para ela.

Encaminhei-me à porta da frente e a abri; ganhei os degraus. Minha colega ainda hesitava: a tempestade da noite e da madrugada havia cessado, mas a tarde era úmida e cinzenta. Eu já seguia adiante pelo caminho quando, parada à porta, ela gritou:

— A senhorita vai assim mesmo, sem nada?

— Que me importa, se é assim que a menina está? Não posso perder tempo me vestindo — exclamei de volta —, e se a senhora faz questão de desperdiçá-lo, terei de deixá-la. Enquanto isso, aproveite e dê uma olhada lá em cima.

— Com *eles* lá?

Ah, diante dessa ideia, a pobre mulher me alcançou num piscar de olhos!

Capítulo 19

Corremos para o lago, como o chamávamos em Bly, e suponho que corretamente, embora me ocorra que talvez não passasse de um espelho-d'água bem menos notável do que se afigurava aos meus olhos pouco viajados. Meu conhecimento sobre lagos era escasso, e o de Bly, ao menos nas poucas ocasiões em que consenti, sob a proteção de meus pupilos, em desafiar sua superfície a bordo do velho barquinho de fundo chato atracado à margem para nosso uso, me impressionara tanto por sua extensão como pela agitação de suas águas. O local habitual de embarque ficava a menos de um quilômetro, mas, no fundo, eu tinha a convicção de que, onde quer que estivesse, Flora não se encontrava perto de casa. Ela não havia escapulido de mim em nome de uma aventurazinha qualquer, e desde o dia da tremenda aventura que eu vivenciara com ela à beira do lago, eu havia prestado atenção, em nossas caminhadas, à região de suas imediações que ela parecia mais inclinada a visitar. Era por isso que eu guiava agora os passos da sra. Grose numa direção tão precisa — uma direção que a fez, quando atinou para onde seguíamos, opor uma resistência que não deixou dúvida de seu renovado estado de perplexidade.

— A senhorita está indo para a água? Acha que ela está *dentro*...?

— É possível, embora a profundidade, creio, não seja muito grande em nenhum ponto. Mas o que me parece mais provável é que esteja no lugar de onde, naquele dia, testemunhamos juntas o que contei à senhora.

— Quando ela fingiu não ver...?

— Com aquele autocontrole espantoso! Sempre tive certeza de que ela queria voltar sozinha ao local. E agora o irmão deu um jeito de tornar isso possível.

A sra. Grose continuava no lugar onde havia estacado.

— A senhorita acha mesmo que as crianças *conversam* sobre eles?

Com que segurança pude responder!

— Os dois dizem coisas que, se ouvíssemos, ficaríamos simplesmente horrorizadas.

— E se ela estiver mesmo lá...

— Sim?

— Então a senhorita Jessel também estará?

— Sem sombra de dúvida. A senhora verá.

— Ah, obrigada! — exclamou minha amiga, plantada no lugar com tamanha determinação que, ao percebê-la, segui em frente sozinha.

Chegando ao lago, porém, me dei conta de que a sra. Grose seguira em meu encalço, e compreendi que, fosse lá o que ela temesse poder acontecer comigo, os riscos oferecidos por minha companhia lhe pareciam dos males o menor. Ela soltou um gemido de alívio quando por fim descortinamos uma vista mais ampla da água e, no entanto, não avistamos a menina. Não havia nenhum sinal de Flora naquele ponto da margem onde eu a observara estupefata, tampouco na margem oposta, onde, salvo por uma orla de cerca de vinte metros, um bosque espesso confinava com a água. O lago, de formato oblongo, tinha uma largura tão exígua em comparação ao comprimento que, ocultadas suas extremidades, poderia ser confundido com um rio de proporções modestas. Contemplávamos aquela vastidão deserta quando senti que os olhos da minha amiga procuravam os meus. Eu sabia o que ela queria dizer, e respondi balançando a cabeça em negativa:

— Não, não; espere! Ela pegou o barco.

Minha colega olhou para o atracadouro vazio e, em seguida, voltou a correr a vista pelo lago.

— E onde está o barco, então?

— O fato de que não o vemos é a maior das provas. Ela o usou para atravessar e depois deu um jeito de escondê-lo.

— Sozinha? Aquela criança?

— Ela não está sozinha, e nessas horas não é uma criança: é uma senhora de muita idade.

Percorri com o olhar todos os trechos visíveis da margem enquanto a sra. Grose dava, no elemento estranho que eu lhe oferecia, mais um de seus mergulhos de submissão; então observei que o barco podia muito bem estar num pequeno refúgio formado por uma das reentrâncias do lago, um recuo encoberto, do lado de lá, por um pequeno barranco e um arvoredo que crescia à beira da água.

— Mas, se o barco está lá, onde é que se enfiou a menina? — perguntou ansiosamente minha colega.

— É exatamente o que precisamos descobrir.

E comecei a andar naquela direção.

— Dando a volta completa no lago?

— É claro, leve o tempo que for. Não vai nos tomar mais que dez minutos, na verdade, mas é longe o bastante para que Flora tenha preferido não ir a pé. Em vez disso, fez uma linha reta.

— Cruzes! — exclamou novamente minha amiga.

Como de costume, o encadeamento da minha lógica se mostrava difícil de suportar para a sra. Grose. Mesmo agora, porém, teve o efeito de arrastá-la em meu encalço e, quando atingimos a metade do caminho — um percurso tortuoso e cansativo por uma vereda acidentada e tomada pelo mato —, parei para que ela tomasse fôlego. Amparei-a, agradecida, com um braço, assegurando-lhe que ela poderia ser de grandíssima ajuda para mim; com isso, recomeçamos nossa marcha, e dentro de poucos minutos chegamos a um ponto de onde pudemos constatar que o barco estava exatamente onde eu havia imaginado. Fora deixado, de propósito, o mais escondido possível, amarrado a uma das estacas de uma cerca que descia, justamente naquele ponto, até a beira da água, e que havia auxiliado o desembarque. Apreciei, ao ver o par de remos pequenos, porém pesados, largados a uma distância segura da água, o caráter prodigioso do feito para uma menina tão nova; àquela altura, no entanto, eu já convivia havia não pouco tempo com acontecimentos milagrosos, e já arfara não poucas vezes a compassos mais acelerados. Havia um portão na cerca, pelo qual passamos e que nos conduziu, em questão de instantes, a uma área mais descampada. Foi então que exclamamos, as duas, em uníssono:

— Lá está ela!

Flora, a pouca distância, estava de pé diante de nós na grama e sorria como se seu espetáculo tivesse agora se encerrado. O que fez em seguida porém, foi se abaixar e arrancar — como se fosse esse o motivo exclusivo de sua empreitada — um ramo grande e feioso de uma samambaia seca. Tive a certeza imediata de que ela acabara de deixar o bosque. Ficou à nossa espera, plantada no lugar, e me dei conta da estranha solenidade com que finalmente demos um passo à frente. Ela sorria sem parar e, enquanto isso, nos aproximamos, mas tudo transcorria num silêncio que a essa altura já havia se tornado claramente macabro. A sra. Grose foi a primeira a quebrar o encanto: atirou-se de joelhos e, estreitando a menina contra o peito, cingiu num abraço demorado o corpinho tenro e passivo. Enquanto durou essa silenciosa convulsão, me limitei a observar — o que fiz com ainda mais interesse depois que percebi o rosto de Flora me espiando por cima do ombro de nossa companheira. Sua expressão agora era séria — o brilho se esvaíra; mas isso só fez aguçar a pontada de inveja que senti naquele momento ao admirar a simplicidade da relação que a sra. Grose mantinha com a menina. Fosse como fosse, nada mais se passou entre nós durante todo esse tempo além do fato de Flora ter descartado no chão seu patético ramo de samambaia. O que tanto eu como ela praticamente disséramos uma à outra era que os pretextos já não tinham mais qualquer utilidade. Quando finalmente se pôs de pé, a sra. Grose continuou de mãos dadas com a menina, de modo que as duas permaneceram unidas diante de mim; e a singular reticência de nossa comunhão se fez ainda mais evidente no olhar franco que minha pupila me dirigiu. "Nem pensar", era o que dizia, "que abrirei a boca!"

Foi Flora, que me encarava de cima a baixo com um ar de cândido espanto, a primeira a falar. Havia estranhado nossas cabeças descobertas.

— Ora, onde estão as coisas das senhoras?

— Junto das suas, minha querida! — retruquei mais que depressa.

Ela já recuperara o ar faceiro, e pareceu julgar a resposta satisfatória.

— E onde está Miles? — prosseguiu.

Havia algo no singelo descaramento da pergunta que não pude suportar: aquelas quatro palavras pronunciadas por ela se revelaram, num lampejo tal qual a chispa de uma espada desembainhada, o esbarrão na taça que minha mão, havia semanas e semanas, vinha segurando no alto, cheia até a borda, e que agora, antes mesmo de responder, eu sentia transbordar num dilúvio.

— Eu lhe digo se *você* me disser... — me ouvi dizer, bem como ouvi o tremor em que tais palavras se dissolveram.

— Se eu disser o quê?

A angústia da sra. Grose dardejou diante de mim, mas era tarde demais, e foi de um modo belíssimo que por fim levantei a questão:

— Onde, meu benzinho, está a senhorita Jessel?

Capítulo 20

A exemplo do que ocorrera no cemitério da igreja com Miles, a coisa toda se escancarou entre nós. Por mais que eu tivesse considerado o fato de que aquele nome jamais fora proferido por nenhuma de nós duas, o olhar fulminante e atarantado com que o rosto da menina o recebeu fez com que minha quebra daquele silêncio se equiparasse ao estilhaçamento de uma vidraça. Somou-se a isso o grito interposto, como se para amortecer o golpe, com que a sra. Grose, no mesmo instante, respondeu à minha violência — o urro de uma criatura amedrontada ou, a bem dizer, ferida, e que, por sua vez, segundos depois, foi coroado por uma exclamação de minha parte. Agarrei o braço da minha colega.

— Ali está ela, ali está ela!

A srta. Jessel estava na margem oposta exatamente como da outra vez, e lembro que, estranhamente, o primeiro sentimento que sua aparição produziu em mim foi uma onda de alegria por ter obtido uma prova. Ali estava ela, e eu estivera certa o tempo todo; ali estava ela, e eu não era louca nem perversa. Estava ali para a pobre e assustada sra. Grose, mas acima de tudo para Flora; e talvez nenhum momento de minha monstruosa estada naquela casa tenha sido tão extraordinário quanto aquele em que conscientemente dirigi a ela — com a sensação de que, como o demônio pálido e voraz que era, ela haveria de captar e entender — uma manifestação velada de gratidão. Empertigada, ela se exibia diante de nós no local que eu e minha amiga deixáramos fazia pouco, e não havia, em todo o longo alcance de seu desejo, nem um centímetro de sua maldade que não nos alcançasse. Essa vivacidade inicial de visão e emoção não durou mais que alguns segundos, durante os quais o olhar aturdido da sra. Grose na direção que eu apontava me pareceu um sinal peremptório de que também ela finalmente enxergava, ao mesmo passo que me levou a precipitar meu olhar em direção à menina. A revelação, nesse momento, do modo como Flora fora afetada me deixou, na verdade, muito mais surpresa do que teria ficado se constatasse que também ela estava apenas aflita, pois um esmorecimento palpável não era, é claro, aquilo que eu esperava. Preparada e em guarda como estava por termos rastreado seu paradeiro, era de esperar que ela se refreasse de manifestar qualquer reação que fosse; logo, fiquei imediatamente abalada ao vislumbrar em sua expressão justamente a emoção que eu menos imaginara encontrar. Vê-la sem o menor sinal de comoção no rostinho rosado, nem mesmo fingindo olhar na direção do prodígio que eu anunciava, mas, em vez disso, dirigindo a *mim* uma expressão de dura e impassível gravidade, uma expressão absolutamente nova, sem precedentes, que parecia a um só tempo me escrutar, acusar e julgar — esse foi um golpe que de algum modo converteu a própria menininha numa presença ameaçadora. Fiquei pasma com sua frieza, embora minha certeza de que ela via perfeitamente jamais tivesse sido tão grande quanto naquele instante, e, na necessidade imediata de me defender, convoquei fervorosamente seu testemunho.

— Ela está ali, sua coisinha infeliz. Ali, ali, *ali*, e você a vê tão bem quanto está me vendo agora mesmo!

Eu dissera havia pouco à sra. Grose que Flora não era criança nessas ocasiões, e sim uma senhora de muita idade, e nada poderia ter confirmado de maneira mais flagrante essa descrição do que o modo pelo qual, como resposta, ela se limitou a me apresentar, sem qualquer concessão ou reconhecimento no olhar, uma expressão cada vez mais profunda e, de fato, repentinamente fixa de reprovação. Eu já estava, a essa altura — se é que sou capaz de reconstituir a sucessão dos fatos —, mais horrorizada com o que se pode apropriadamente chamar de a atitude da menina do que com qualquer outra coisa, embora tenha sido em simultâneo que me dei conta de que, do modo mais formidável, também a sra. Grose se transformava agora num estorvo a ser contornado. Minha colega mais velha, no momento seguinte, dissipou tudo que não fosse seu rosto inflamado e seu grito espantado de protesto, uma explosão ruidosa de reprovação.

— Mas que coisa mais horrível de se dizer! Onde é que a senhorita está vendo algo?

Só pude tentar com ainda mais urgência captar sua atenção, pois, no momento mesmo em que ela falava, aquela hedionda e inequívoca presença permanecia ali, impávida e imperturbável. Já perdurava havia um minuto, e ali persistiu enquanto eu continuava, tomando minha colega pelos braços, praticamente empurrando-a em direção à aparição a fim de mostrá-la, insistindo com o indicador apontado.

— A senhora não a vê como *nós* a vemos? Está mesmo me dizendo que não a vê agora... *agora*? Ela é tão grande quanto um fogaréu! Apenas olhe, minha cara, *olhe*...!

Ela olhou, tal como eu, e me deu, com seu profundo gemido de negação, repulsa, compaixão — misturando-se à dó que sentia de mim, o alívio por se ver eximida —, a sensação, que mesmo em tais circunstâncias me comoveu, de que teria me apoiado se pudesse. Bem que o respaldo teria sido útil, pois com o duro golpe da confirmação de que seus olhos estavam irremediavelmente vedados, senti que minha situação ruía por terra de modo assombroso, senti — *vi* — que minha lívida antecessora agourava, à distância, minha derrota, e compreendi, acima de tudo, o que teria de enfrentar dali em diante no que dizia respeito à terrível atitudezinha de Flora. De um golpe, porém, também a sra. Grose adotou uma atitude semelhante, lançando-se, muito embora despontasse em meio à minha sensação de ruína um prodigioso triunfo íntimo, a uma ofegante torrente de palavras de conforto.

— Ela não está ali, mocinha, não há ninguém ali... e a senhorita nunca viu coisa alguma, meu doce! Como poderia a pobre senhorita Jessel... se a coitada está morta e enterrada? *Nós* sabemos disso, não sabemos, meu amor? — recorreu de maneira imprudente à menina. — Tudo isso não passa de um engano, um mal-entendido, uma bobagem. Voltemos para casa de uma vez!

Nossa companheirinha, ao ouvir isso, reagiu prontamente com um estranho e afetado pudor, e mais uma vez, com a sra. Grose já de pé, as duas se uniram, por assim dizer, numa ressentida oposição a mim. Flora continuava a me encarar com sua pequena máscara de reprovação, e mesmo naquele instante pedi a Deus que me perdoasse pela percepção de que, enquanto ela se agarrava ao vestido de nossa amiga, sua incomparável beleza infantil subitamente se apagara, desaparecera por completo. Eu já o disse antes — ela estava literalmente, hediondamente, empedernida, a tal ponto que se tornara vulgar, quase feia.

— Não sei do que a senhora está falando. Não estou vendo ninguém. Não vejo nada. *Nunca* vi nada. Acho que a senhora é má. Não gosto da senhora!

Em seguida, depois desse rompante, que bem poderia ter sido protagonizado por uma menininha de rua insolente, ela abraçou a sra. Grose com mais força e afundou em seu vestido o rostinho medonho. Nessa posição, berrou de maneira quase enfurecida:

— Me tire daqui, me tire daqui... ah, me tire de perto dela!

— De *mim*? — exclamei.

— Da senhora... da senhora! — gritou ela.

Até mesmo a sra. Grose olhou para mim consternada, enquanto a mim nada restou a fazer senão voltar a me comunicar com a figura que, na margem oposta, imóvel, tão rigidamente impassível como se captasse, a despeito da distância, o som de nossas vozes, estava tão vividamente presente para testemunhar meu infortúnio quanto não o estivera para me auxiliar. A infeliz criança falara exatamente como se tivesse obtido de alguma fonte externa cada uma de suas palavrinhas incisivas, de modo que, no desespero absoluto de tudo o que eu me via obrigada a aceitar, não pude fazer mais que sacudir a cabeça para ela com amargura.

— Se em algum momento eu tivesse tido dúvidas, a esta altura elas já teriam todas se dissipado. Tenho convivido com a monstruosa verdade, e agora ela não fez nada além de apertar ainda mais o cerco contra mim. É claro que perdi você: interferi, e você encontrou, sob a regência dessa mulher — e nesse ponto voltei de novo o olhar para a margem oposta do lago, em direção à nossa diabólica testemunha —, a saída fácil e perfeita. Fiz meu melhor, mas perdi você. Adeus.

À sra. Grose, dirigi um imperativo e quase frenético "Vá, vá!", diante do qual, num desespero imensurável, mas em calada posse da menininha e visivelmente convencida, apesar de sua cegueira, de que algo terrível ocorrera e alguma catástrofe nos engolfara, ela se pôs em marcha pelo caminho que acabáramos de percorrer, o mais depressa possível.

Do que transcorreu depois que me vi sozinha eu já não guardava nenhuma lembrança. Só sabia que, ao final de, suponho, quinze minutos, uma umidade e uma aspereza odorosas, gelando e penetrando minha agonia, me fizeram compreender que eu me atirara no chão, de bruços, e dera vazão a um frenesi descomunal de desgosto. Devo ter ficado um bom tempo ali deitada, me debulhando em lágrimas e soluços, pois quando ergui a cabeça o dia já estava quase no fim. Quando me levantei, contemplei por um momento, à luz do crepúsculo, o lago plúmbeo e sua margem deserta e assombrada, e então dei início a minha dura e deprimente caminhada de volta para casa. Quando cheguei ao portão da cerca, o barco, para minha surpresa, havia sumido, o que suscitou em mim uma nova reflexão a respeito do extraordinário domínio que Flora tinha da situação. Ela passou aquela noite, pela mais tácita e, acrescentaria, não fosse o adjetivo tão grotescamente descabido, mais feliz das combinações, com a sra. Grose. Não vi nenhuma das duas ao retornar, mas, por outro lado, como se por uma ambígua compensação, vi Miles a tal ponto — não há outra expressão que me ocorra — que qualquer medida anterior que pudesse haver foi extrapolada. Nenhuma das noites que eu havia passado em Bly tivera a qualidade infausta que esta acabaria por exibir; apesar disso — e apesar das profundezas mais profundas de consternação que haviam se escancarado sob meus pés —, havia, literalmente, na realidade que se esvaecia, uma tristeza extraordinariamente doce. Ao chegar em casa, eu nem sequer me dera ao trabalho de procurar o menino; fora direto ao meu quarto para mudar de roupa e verificar, ao primeiro relance, os muitos testemunhos materiais de meu rompimento com Flora. Seus pequenos pertences tinham sido todos removidos. Quando mais tarde, junto à lareira da sala de estudos, a criada de sempre me serviu o chá, refreei-me a fazer, a respeito de meu outro pupilo, qualquer espécie de questionamento. Ele havia conquistado a liberdade que tanto desejava — pois que a usufruísse o quanto quisesse! Bem, era justamente o que vinha fazendo; e essa liberdade consistia — ao menos naquele momento — em bater à minha porta por volta das oito horas e vir se sentar ao meu lado em silêncio. Depois de recolhida a bandeja do chá, eu havia apagado as velas e aproximado minha cadeira da lareira: sentia um frio mortal e tinha a impressão de que jamais conseguiria me aquecer de novo. Assim, quando Miles apareceu, eu estava sentada diante do fogo, perdida em pensamentos. Ele parou um instante à porta como se para me olhar; então — como se desejasse compartilhar os pensamentos comigo — dirigiu-se ao outro lado da lareira e se deixou afundar numa poltrona. Ficamos ali sentados em absoluto silêncio; eu sentia, no entanto, que ele queria estar comigo.

Capítulo 21

Antes que um novo dia terminasse de raiar em meu quarto, abri os olhos e me deparei com a sra. Grose, que viera me trazer na cama uma notícia ainda pior. Flora estava tão febril que pelo visto estava adoecendo; havia passado uma noite de extrema inquietação, acometida acima de tudo por temores cuja fonte era não sua antiga preceptora, e sim a atual. Não era contra o possível reaparecimento da srta. Jessel que ela protestava — era, de maneira conspícua e fervorosa, contra o meu. Pus-me de pé mais que depressa, é claro, e com uma porção de perguntas a fazer; e ainda mais quando constatei que minha amiga claramente parecia ter se preparado para aquela nova conferência comigo. Foi o que senti assim que quis saber sua impressão acerca da sinceridade da menina em oposição à minha.

— Ela insiste em afirmar à senhora que não viu nada, nem ontem, nem em ocasião alguma?

A tensão de minha visitante era palpável.

— Ah, senhorita, não é um assunto que eu possa ficar martelando com ela! Mas devo dizer que tampouco preciso fazer isso. Essa história a converteu de fato, da cabeça aos pés, numa senhora de idade.

— Ah, imagino perfeitamente. Está ofendida, feito a protagonistazinha de um espetáculo só dela, pelo questionamento de sua honestidade e, por assim dizer, sua respeitabilidade. "A senhorita Jessel, na verdade...!" Ah, muito "respeitável", aquela fedelha! A impressão que ela me deu ontem, posso lhe garantir, foi a mais estranha de todas; nunca nada chegou perto. Eu realmente meti os pés pelas mãos! Ela nunca mais vai voltar a falar comigo.

Por mais terríveis e obscuras que fossem, minhas palavras tiveram o efeito de emudecer a sra. Grose por alguns instantes; em seguida, ela se pôs de acordo com uma franqueza que, tive certeza, escondia algo mais.

— Creio, senhorita, que ela não volte mesmo. A julgar pela atitudezinha que tem demonstrado!

— E é justamente essa atitude — emendei — o motivo de ela estar de cama!

Ah, eu conseguia vê-lo no rosto de minha visitante: era aquilo e nada mais!

— Ela me pergunta de três em três minutos se eu acho que a senhora vai aparecer.

— Entendo, entendo. — Eu também, da minha parte, havia revolvido a questão até não poder mais. — Desde ontem, exceto para repudiar sua familiaridade com algo tão terrível, ela por acaso fez alguma menção à senhorita Jessel?

— Nenhuma. E a senhorita sabe, é claro — acrescentou minha amiga —, que acreditei quando ela me disse, à beira do lago, que, ao menos naquele momento, não havia ninguém.

— Claro! E, naturalmente, a senhora ainda concorda com ela.

— Eu não a contradigo. Que alternativa tenho?

— Nenhuma, absolutamente! A senhora está lidando com a pessoinha mais esperta que há. Eles tornaram essas crianças, esses dois amigos delas, ainda mais espertas do que já eram por natureza; e que matéria-prima perfeita elas se mostraram! Flora, agora que tem um motivo para se queixar, vai se aproveitar disso até o fim.

— Sim, senhorita; mas que fim seria esse, exatamente?

— Ora, pôr o tio dela contra mim. Ela vai tentar convencê-lo de que sou a criatura mais baixa...!

Estremeci ao ver a cena estampada no rosto da sra. Grose; por um instante, foi como se ela enxergasse perfeitamente os dois juntos.

— Logo ele, que a tem em tão alta conta!

— Ele tem um jeito bem curioso, me parece — observei, rindo —, de demonstrar isso! Mas não importa. O que Flora deseja, claro, é se livrar de mim.

Minha colega corajosamente concordou.

— Nunca mais olhar para a senhorita.

— E cá está a senhora, portanto, para me pedir que me vá o mais depressa possível? — perguntei.

Antes que ela tivesse tempo de responder, porém, desferi meu golpe seguinte:

— Tenho uma ideia melhor, fruto de minhas reflexões... Minha partida pode até parecer a coisa certa a fazer, e no domingo cheguei terrivelmente perto de levá-la a cabo. Mas não é. São *vocês* quem precisam partir. A senhora precisa levar Flora.

Minha visitante, ao ouvir isso, pôs-se a fazer ponderações.

— Mas para onde...?

— Para longe daqui. Longe *deles*. Longe, principalmente, a esta altura, de mim. Diretamente para o tio dela.

— Só para apresentar queixa contra a senhorita...?

— Não, não "só"! Também para me deixar aqui com meu remédio.

Ela continuava sem entender.

— E que remédio é esse?

— Sua lealdade, para começar. E também a de Miles.

Ela me olhou fixamente.

— A senhorita não acha que ele...?

— Vai, se tiver a oportunidade, se voltar contra mim? Ainda tendo a acreditar que sim. Mas, seja como for, quero tentar. Leve a irmã dele o quanto antes e me deixe sozinha com ele.

Eu mesma me surpreendi com a determinação que ainda me restava, e talvez por isso tenha ficado desconcertada ao constatar que, apesar de minha invejável demonstração de resolução, ela ainda hesitava.

— Há um porém, é claro — prossegui. — Eles não podem, antes de ela partir, passar nem três segundos em companhia um do outro.

Ocorreu-me então que, apesar do presumível isolamento de Flora desde que retornara do lago, talvez já fosse tarde demais.

— Quer dizer — perguntei, ansiosa — que já se encontraram?

O rosto da sra. Grose ficou em brasa.

— Ah, senhorita, não sou tão boba assim! Se precisei deixá-la três ou quatro vezes, foi sempre com uma das criadas, e só está sozinha no momento porque fechei a porta à chave. É só que...

Havia coisas demais.

— É só que o quê?

— Bem, a senhorita está mesmo tão segura quanto ao pequeno cavalheiro?

— Segura, mesmo, só estou da senhora. No entanto, desde a noite passada tenho uma nova esperança. Acho que ele quer se abrir comigo. Acredito de verdade que aquele lindo e pobrezinho infeliz quer falar. Ontem à noite, à luz da lareira e em silêncio, ele passou duas horas sentado comigo como se estivesse se preparando para isso.

A sra. Grose observava fixamente, pela janela, o dia cinzento que raiava.

— E falou alguma coisa?

— Não, por mais que eu tenha esperado e esperado, confesso que não, e foi sem quebrar o silêncio ou fazer qualquer menção à condição e à ausência da irmã dele que por fim trocamos um beijo e desejamos boa-noite um ao outro. Em todo caso — continuei —, não posso, caso o tio venha a vê-la, consentir que fale com o irmão dela sem que antes eu tenha dado, ainda mais agora que as coisas chegaram a este ponto, um pouco mais de tempo ao menino.

Minha amiga se mostrou mais relutante com relação a isso do que eu conseguia compreender.

— O que a senhorita quer dizer com mais tempo?

— Não mais que um ou dois dias... o bastante para que termine de se preparar. Então ele vai estar do *meu* lado, e a senhora bem sabe o quanto isso será importante. Se nada disso se confirmar, terei apenas cometido um engano, e a senhora, na pior das hipóteses, terá me ajudado fazendo, ao chegar à cidade, tudo que estiver a seu alcance.

Foi assim que expus a questão, mas por alguns instantes a sra. Grose continuou tão imperscrutavelmente constrangida que voltei a acudi-la.

— A menos, é claro — concluí —, que a senhora realmente não queira ir de jeito nenhum.

Foi perceptível como seu rosto, nesse momento, por fim se aclarou; ela me estendeu a mão como se firmasse um voto de compromisso.

— Eu vou... eu vou. Parto ainda esta manhã.

Eu queria ser o mais justa possível.

— Se, *por acaso*, a senhora preferir aguardar, posso me comprometer a manter distância da menina.

— Não, não: o problema está no lugar. Ela precisa ir embora daqui — declarou, fitando-me por um momento com os olhos pesados antes de concluir: — Sua ideia é mesmo a melhor. Eu mesma, senhorita...

— Diga!

— Não posso continuar aqui.

Diante do olhar que ela me dirigiu ao pronunciar essas palavras, lancei-me a aventar possibilidades.

— A senhora quer dizer que, de ontem para hoje, viu...?

Ela balançou a cabeça com dignidade.

— *Ouvi*!

— Ouviu?

— Da boca daquela menina... horrores! Pronto, falei! — suspirou, com um alívio trágico. — Por minha honra, senhorita, ela diz cada coisa!

Diante de tal evocação, porém, a sra. Grose não se conteve; desabou com um soluço repentino em meu sofá e, como eu já a vira fazer antes, rendeu-se a toda a angústia da situação.

Foi um sentimento inteiramente distinto que eu, por minha vez, deixei extravasar.

— Ah, graças a Deus!

Ela se pôs de pé num pulo ao ouvir isso, enxugando os olhos com um gemido.

— "Graças a Deus"?

— Isso só reforça o que venho dizendo!

— E não é que a senhorita tem razão?

Eu não poderia ter pedido por um tom mais enfático, mas ainda assim hesitei.

— Ela está mesmo tão horrível?

Percebi que minha colega mal sabia como se expressar.

— É realmente assustador.

— E o tema sou eu?

— Já que pergunta... sim, o tema é a senhorita. Ultrapassa todos os limites aceitáveis em se tratando de uma mocinha; não posso nem imaginar onde foi que ela aprendeu...

— A linguagem abominável que usa para falar de mim? Pois eu sei muito bem! — Atalhei com uma risada carregada, sem dúvida, de significado.

Minhas palavras, no entanto, só fizeram com que minha amiga assumisse um ar ainda mais sério.

— Bom, talvez eu também devesse saber... Afinal, não é a primeira vez que ouço coisas do gênero! Ainda assim, não consigo suportá-las — prosseguiu a pobre mulher enquanto, no mesmo movimento, lançava um olhar rápido ao relógio pousado sobre minha penteadeira. — Mas preciso ir voltando.

Tratei, porém, de interceptá-la.

— Ah, mas se a senhora não consegue suportá-las...!

— Como conseguirei ficar junto dela, é o que a senhora quer saber? Ora, justamente em nome *disto*: levá-la embora daqui. Para bem longe de tudo isso — prosseguiu —, bem longe *deles*...

— Flora será capaz de mudar? De se libertar? — indaguei, tomando-a, quase exultante, pelos braços. — Apesar de ontem, então, a senhora *acredita*...

— Nesse tipo de coisa?

Seu modo simplório de descrever tamanho acontecimento dispensava, à luz da expressão em seu rosto, maiores elaborações, e ela me brindou, sem rodeios, com uma afirmação tal qual jamais fizera:

— Acredito.

Estava consumada minha exultação, e seguíamos lado a lado: se eu pudesse continuar com essa certeza, pouco me importava o que ocorresse. Meu arrimo em caso de desastre seria o mesmo que fora outrora, quando me vira necessitada de alguém com quem pudesse confidenciar, e se minha amiga estivesse lá para atestar minha honestidade, eu me encarregaria de todo o resto. Na hora de me despedir dela, porém, fiquei relativamente constrangida.

— Há mais uma coisa, ocorre-me agora, que devemos lembrar: minha carta, dando o alarme, terá chegado à cidade antes da senhora.

Percebi então, mais ainda, como ela vinha rodeando o assunto e o quanto aquilo a deixara esgotada.

— Sua carta não terá chegado. Não chegou nem mesmo a ser despachada.

— E que fim levou, então?

— Só Deus sabe! O pequeno Miles...

— A senhora está me dizendo que *ele* a pegou? — exclamei.

Ela vacilou, mas acabou vencendo a relutância.

— Estou dizendo que ontem, quando voltei com Flora, vi que ela não estava no local onde a senhorita a tinha deixado. Mais tarde, à noite, tive a oportunidade de perguntar a Luke, e ele garantiu que não tinha visto nem pegado carta alguma.

Só nos restou, à vista disso, trocar uma de nossas mais profundas sondagens mútuas, e foi a sra. Grose a primeira a recolher o prumo, bradando quase jubilosa:

— Está vendo só?

— Estou: se Miles pegou mesmo a carta, é provável que já a tenha lido e destruído.

— E a senhora não vê mais nada?

Encarei-a por um momento com um sorriso triste.

— Parece-me que, desta vez, seus olhos estão mais abertos que os meus.

De fato eles estavam, mas ela não deixou de corar de leve ao demonstrá-lo.

— Compreendo agora o que ele deve ter feito na escola — declarou, balançando a cabeça, com sua singela perspicácia, numa manifestação quase cômica de desilusão. — Ele roubou!

Considerei aquilo; tentei ser mais judiciosa.

— Bem... é possível.

Ela pareceu estranhar minha calma.

— Ele roubou *cartas*!

Ela não tinha como saber as razões por trás daquela tranquilidade, que, afinal de contas, era bastante superficial; tratei, portanto, de explaná-las como pude:

— Espero que tenha sido por um motivo melhor do que neste caso! Seja como for, o bilhete que deixei sobre a mesa ontem — prossegui —, que não continha nada além do pedido de uma conversa, terá proporcionado uma vantagem tão insignificante que ele deve estar morrendo de vergonha por ter ido tão longe em nome de tão pouco, e decerto aquilo que ocupava a mente dele ontem à noite era justamente a vontade de confessar.

Tive a impressão de que, por ora, havia enxergado tudo, destrinchado a coisa de cabo a rabo.

— Deixe-nos, deixe-nos — comandei à sra. Grose junto à porta, apressando-a. — Tratarei de extrair tudo dele. Ele há de vir até mim e confessar. Se o fizer, estará salvo. E se ele se salvar...

— Então *a senhorita* também se salvará?

Com essas palavras, a boa mulher me deu um beijo e me desejou boa sorte.

— Eu a salvo sem ele, se for preciso! — proclamou enquanto se afastava.

Capítulo 22

Foi, no entanto, somente depois que ela partiu — e não demorou um instante para que eu sentisse sua falta — que fui assaltada pela consciência da situação em que estava metida. Se eu muito havia ponderado os benefícios de ficar a sós com Miles, logo de saída tive a certeza de que ao menos um desses benefícios seria ter uma noção mais precisa do que estava acontecendo. Nenhum outro momento de minha estada em Bly foi tão carregado de apreensão quanto aquele em que, descendo ao andar de baixo, constatei que a carruagem que levava a sra. Grose e minha pequena pupila já havia saído pelos portões. Agora, sim, eu estava, disse a mim mesma, frente a frente com a tormenta, e pelo resto do dia, enquanto batalhava com minha própria fraqueza, fiquei considerando que minha conduta havia sido extremamente imprudente. O espaço de que eu dispunha para manobras era ainda mais restrito do que jamais fora; além do mais, pela primeira vez, eu via no semblante dos demais serviçais um reflexo confuso da crise. O que acontecera, naturalmente, arregalara seus olhos; eram demasiado escassas as explicações, a despeito do que tentássemos alegar, para a impetuosidade do ato de minha colega. As criadas e os empregados pareciam aturdidos; o efeito disso foi agravar meu estado de nervos, até que compreendi a necessidade de convertê-lo num fato positivo. Em suma, foi justamente segurando com todas as forças o leme que evitei o naufrágio completo; e confesso que, a fim de me manter à tona, me tornei, naquela manhã, bastante altiva e bastante seca. Acolhi com satisfação a consciência de que tinha muito a fazer, e fiz com que fosse de conhecimento geral que, deixada a sós daquele modo, eu era de uma firmeza notável. Foi com essa atitude que vaguei pelas uma ou duas horas seguintes por todos os cantos da casa, ostentando, não tenho dúvida, um ar de quem está pronto para o que der e vier. E, assim, para a satisfação de quem pudesse se interessar, desfilei com o coração enfermo.

Até o almoço, a pessoa a quem isso menos parecia interessar era o pequeno Miles. Minhas andanças não haviam me proporcionado, nesse meio-tempo, um único vislumbre do menino, embora tendessem a tornar mais pública a mudança que se operava em nossa relação como consequência de ele, sentado ao piano na véspera, ter me mantido, para ajudar Flora, tão iludida e enredada. Naturalmente, o selo da notoriedade do que se passava já havia sido dado pelo confinamento e pela partida da menina, e a própria mudança se dava agora pela nossa dispensa do expediente habitual na sala de estudos. Já não havia nem sinal de Miles quando, antes de descer, eu abrira a porta de seu quarto, e no andar de baixo fiquei sabendo que ele fizera o desjejum — na presença de duas criadas — com a sra. Grose e a irmã. Em seguida, segundo dissera, havia saído para dar uma volta; atitude que, refleti, exprimia melhor do que qualquer outra sua visão franca da transformação abrupta do meu papel.

O que ele permitiria ou não que esse papel passasse a ser era ainda uma incógnita: havia um curioso alívio, em todo caso — ao menos no que dizia respeito a mim —, na renúncia a uma farsa. Creio não ser exagero dizer que, de tudo o que viera à tona, o que mais saltava à vista era talvez o absurdo de prolongarmos o faz de conta de que ainda havia algo que eu pudesse ensinar a ele. Estava mais do que claro que, através dos pequenos artifícios tácitos com que, com mais zelo até do que eu mesma, Miles se dedicava a preservar minha dignidade, eu precisara recorrer a ele para que me eximisse do supremo esforço necessário para fazer frente a sua verdadeira capacidade. Fosse como fosse, ele dispunha agora de sua liberdade, e eu jamais voltaria a cerceá-la — tal como havia demonstrado claramente, aliás, quando, tendo ele se juntado a mim na sala de estudos na noite anterior, eu não fizera, a respeito dos acontecimentos recentes, nenhum questionamento ou insinuação. Minha mente, desde aquele momento, estivera ocupada demais com outras ideias. No entanto, quando ele finalmente apareceu, a dificuldade de aplicá-las, a amplificação de meu problema, foram imediatamente escancarados pela bela e pequenina presença em que tudo aquilo que ocorrera não havia deixado, até então, uma única mancha ou vestígio que se pudesse ver.

Para assinalar, diante da casa, a distinção que eu estava decidida a cultivar, decretei que minhas refeições com o menino fossem servidas lá embaixo, como dizíamos; de modo que eu me encontrava à espera dele na ponderosa pompa do mesmo salão por cuja janela eu recebera da sra. Grose, naquele primeiro domingo aterrorizante, meu lampejo daquilo que seria bastante descabido chamar de luz. Ali, no salão, tornei a sentir — pois já o havia sentido incontáveis vezes — o quanto meu equilíbrio dependia do êxito de minha determinação rigorosa, a determinação de fechar os olhos com toda a força para o fato de que aquilo que eu tinha de enfrentar era, de maneira revoltante, contrário à natureza. Só me era possível seguir em frente tendo a "natureza" como companheira e confidente, tratando minha monstruosa provação como um esforço numa direção certamente insólita e desagradável, mas que não exigia, no final das contas, para um confronto justo, nada além de uma volta a mais no parafuso da virtude humana habitual. Tentativa nenhuma, porém, poderia requerer mais tato do que justamente esse esforço por prover, por minha própria conta, *toda* a natureza. Como poderia eu imprimir o mínimo que fosse desse elemento à supressão de toda e qualquer referência ao que ocorrera? Como, por outro lado, poderia fazer tal referência sem mergulhar de novo no abominável desconhecido? Bem, uma espécie de resposta, passado algum tempo, havia me ocorrido, e de certo modo se confirmara quando fui assaltada, de modo incontestável, por uma visão aguçada do que havia de excepcional em meu companheirinho. Era, de fato, como se ele tivesse encontrado, mesmo agora — e como tantas vezes fizera durante as lições —, uma nova maneira sutil de me apaziguar o ânimo. Pois não havia luz naquele fato que, enquanto compartilhávamos da solidão, surgiu à vista com um brilho especioso que jamais havia exibido até então? — o fato de que (diante da oportunidade certa, oportunidade esta que, preciosa, ora se apresentava) seria um absurdo, em se tratando de um menino tão bem-dotado, abdicar da ajuda que se poderia obter de sua inteligência absoluta? Para que tal inteligência lhe fora concedida senão para salvá-lo? Não seria lícito, para alcançar sua mente, arriscar a extensão de um braço anguloso sobre seu caráter? Era como se, face a face na sala de jantar, ele tivesse literalmente me mostrado o caminho. O carneiro assado estava servido, e eu dispensara a criadagem. Miles, antes de se sentar, ficou parado por um momento com as mãos nos bolsos e olhou para o assado, parecendo prestes a fazer um gracejo qualquer sobre sua aparência. O que finalmente disse, contudo, foi o seguinte:

— Diga-me, minha cara, ela está mesmo tão mal assim?

— Flora? Nem tanto, o que quer que seja vai passar logo. Londres lhe fará bem. Bly deixou de fazer bem a ela. Venha, sirva-se de carneiro.

Ele me obedeceu prontamente, levou o prato com cuidado para seu lugar e, uma vez sentado, prosseguiu:

— Bly deixou de fazer bem a ela tão de repente assim?

— Nem tanto quanto você talvez imagine. Já havia sinais.

— Então por que a senhora não a mandou embora antes?

— Antes do quê?

— Antes que ela ficasse doente demais para viajar.

Respondi sem pestanejar:

— Ela *não* está doente demais para viajar: teria chegado a esse ponto, talvez, se permanecesse aqui. Agimos no momento certo. A viagem vai dissipar a influência — ah, eu estava inspirada! — e pôr um ponto-final nisso.

— Entendo, entendo — disse Miles, que, por sinal, estava igualmente inspirado.

Pôs-se a fazer a refeição com os encantadores "modos à mesa" que lhe eram característicos e que, desde o dia de sua chegada, haviam me poupado de toda a repugnância das descomposturas. Fosse qual fosse, o motivo de sua expulsão do colégio certamente não fora a falta de educação ao comer. Ele estava irrepreensível, como sempre, nesse dia; mostrava-se, porém, indubitavelmente mais alerta. Era nítido o esforço que fazia para proceder com naturalidade diante de questões que, sem ajuda, não lhe eram facilmente compreensíveis; e mergulhou num silêncio plácido enquanto avaliava a situação. Nossa refeição foi das mais ligeiras — a minha, de fato, não passou de um simulacro, e logo solicitei que os pratos fossem retirados. Enquanto isso era feito, Miles mais uma vez se pôs de pé, com as mãos enfiadas nos bolsos e as costas voltadas para mim — pôs-se de pé e ficou a encarar a ampla janela através da qual, naquele dia fatídico, eu tivera a tão perturbadora visão. Permanecemos calados enquanto a criada recolhia os pratos — calados, pensei espirituosamente, como um jovem casal que, no hotel de sua lua de mel, se sente inibido na presença do garçom. Miles só se virou quando o garçom nos deixou.

— Bem... finalmente a sós!

Capítulo 23

— Ah, mais ou menos — respondi, com um sorriso cuja palidez só posso imaginar. — Não completamente. Não iríamos gostar disso!

— É, acho que não. Temos os outros, é claro.

— Temos os outros... ora se temos! — concordei.

— Mas mesmo que isso seja verdade — retrucou Miles, ainda com as mãos nos bolsos e plantado diante de mim —, eles não contam muito, não é mesmo?

Por mais que desse meu melhor, sentia-me esmorecida.

— Depende do que você chama de "muito"!

— Sim — disse ele em tom conciliatório —, tudo depende!

Dito isso, porém, voltou-se mais uma vez para a janela e caminhou até ela com passos vagos, inquietos e especulativos. Ali ficou durante algum tempo, com a testa encostada ao vidro, contemplando os malditos arbustos que eu tanto conhecia e aquela paisagem insípida de novembro. Eu, que sempre podia me valer da hipocrisia de meus "trabalhos manuais", instalei-me no sofá sob tal pretexto. Valendo-me deles também para me acalmar, tal como fizera repetidas vezes naqueles momentos de tormento em que, como já descrevi, tinha consciência de que as crianças estavam expostas a algo cujo acesso me era vedado, observei, em certa medida, meu hábito de me preparar para o pior. No entanto, uma extraordinária impressão se abateu sobre mim no instante em que extraí um significado das costas constrangidas do menino — nada menos que a impressão de que, naquele momento, meu acesso estava liberado. Essa inferência, que adquiriu em questão de minutos uma nitidez intensa, parecia associada à percepção direta de que era *ele* quem se via excluído. Os caixilhos e quadrados da grande janela eram como uma imagem, para Miles, de uma espécie de fracasso. Senti que, quer fosse de sair ou de entrar, ele havia sido barrado. Sua postura podia ser admirável, mas ele não estava à vontade: foi o que constatei com uma pontada de esperança. Pois não estava ele à procura, através da vidraça mal-assombrada, de algo que não conseguia enxergar? E não era essa a primeira vez desde que toda aquela história começara que tal capacidade lhe falhava? A primeira, a primeiríssima: julguei aquilo um prenúncio auspicioso. Ele estava ansioso, embora disfarçasse; passara o dia todo ansioso e, mesmo quando demonstrara à mesa seu jeitinho refinado de costume, tivera de recorrer a todo o seu estranho gênio para dar àquele jogo de cena uma camada de verniz. Quando por fim se virou para me encarar, foi quase como se esse gênio tivesse sucumbido.

— Bom, fico feliz que Bly ainda esteja fazendo bem a *mim*!

— Sem dúvida, nessas últimas vinte e quatro horas, você parece ter visto mais da propriedade do que nos últimos tempos inteirinhos. Espero — prossegui, com ousadia — que esteja se divertindo.

— Ah, sim, tenho explorado os quatro cantos deste lugar... quilômetros e mais quilômetros. Nunca me senti tão livre.

Ele realmente tinha um jeito ímpar, e tudo que eu podia fazer era tentar me manter à altura.

— E que tal? Está gostando?

Parado diante de mim, Miles abriu um sorriso; por fim, infundiu em três palavras — "E *a senhora*?" — mais significado do que eu jamais vira uma frase tão curta conter. Antes que eu tivesse tempo para lidar com aquilo, porém, ele retomou a palavra, como se julgasse que a impertinência precisava ser suavizada.

— Nada poderia ser mais encantador do que a maneira como a senhora está lidando com a situação, pois é claro que, se agora estamos a sós juntos, é a senhora quem está sozinha a maior parte do tempo. Mas espero — acrescentou — que não se incomode muito!

— De ter que aturar sua ausência? — perguntei. — Meu querido, como seria possível não me incomodar? Posso ter renunciado à prerrogativa da sua companhia, afinal você é muito mais do que a nossa relação, mas posso garantir que a aprecio muito. Por que outro motivo eu resolveria ficar?

Ele me dirigiu um olhar mais direto, e a expressão em seu rosto, agora mais séria, me pareceu a mais bela que eu jamais testemunhara nele.

— A senhora resolveu ficar só por *isso*?

— Mas é claro. Pois sou sua amiga, mas também pelo interesse imensurável que tenho em você até que cheguemos a um novo arranjo que lhe seja mais vantajoso. Isso não devia ser uma surpresa — declarei com um tremor tal na voz que me pareceu impossível contê-lo. — Não se lembra de quando eu disse, sentada na sua cama na noite do temporal, que não havia nada no mundo que eu não faria por você?

— Lembro, lembro! — exclamou Miles, que, cada vez mais visivelmente nervoso, também se via obrigado a controlar o tom de voz; era, contudo, tão mais bem-sucedido do que eu nesse esforço que, rompendo a seriedade com uma risada, foi capaz de fingir que conversávamos em tom de galhofa. — Só que a verdadeira intenção, eu acho, era que *eu* fizesse alguma coisa pela senhora!

— Em parte era mesmo — admiti. — Mas, como bem sabe, você não fez.

— Ah, sim! — disse ele com um entusiasmo tão enérgico quanto superficial. — A senhora queria que eu lhe dissesse alguma coisa.

— Isso mesmo. Que me confessasse, sem rodeios, o que ocupava sua mente.

— Ah, então foi por *isso* que a senhora ficou?

Ele falou aquilo com uma efusividade em que consegui ainda identificar o mais sutil tremor de um fervor ressentido, mas eu jamais seria capaz de descrever o efeito que teve sobre mim aquele sinal, por mais tênue que fosse, de rendição. Era como se tudo pelo que eu tanto ansiara tivesse vindo à tona só para me deixar aturdida.

— Bem, sim... já não vejo razão para não abrir o jogo. Foi exatamente por isso.

Ele esperou tanto tempo que supus que o fizera com o propósito de repudiar a premissa em que minha conduta se fundamentava; o que finalmente disse, porém, foi:

— A senhora quer dizer agora... aqui?

— Não poderia haver um lugar ou ocasião melhores.

Ele olhou em volta inquieto, e eu tive a rara — a bem dizer estranha! — impressão de vislumbrar nele pela primeiríssima vez um sintoma da iminência de um temor. Era como se de uma hora para outra sentisse medo de mim — o que de fato, pensei, era talvez o melhor sentimento que eu pudesse lhe inspirar. Contudo, na agonia de meu esforço, senti que seria inútil tentar ser severa e, no instante seguinte, me vi indagando com tanta polidez que cheguei a soar grotesca:

— Você quer tanto assim sair de novo?

— A senhora nem sabe o quanto!

Dirigiu-me um sorriso heroico, e a comovente intrepidez daquele pequeno gesto foi realçada pelo rubor que a angústia lhe fez subir às faces. Havia apanhado seu chapéu, que trouxera consigo para a sala, e ficou a girá-lo com a mão de um modo que me encheu, justo quando eu estava prestes a aportar, de um horror perverso do que eu estava fazendo. Fazer isso, de qualquer maneira que fosse, era um ato de violência, pois em que consistia senão na instilação da ideia de torpeza e culpa numa criaturinha indefesa que havia representado para mim uma revelação das possibilidades de beleza nas relações? Não era uma atitude ignóbil criar para um ser tão requintado uma estranheza que lhe era inteiramente alheia? Creio que hoje vislumbro em nossa situação uma clareza que não poderia existir à época, pois tenho a impressão de ver nossos pobres olhos já iluminados por alguma centelha de pressentimento da angústia que estava por vir. Assim, andávamos em círculos, com temores e escrúpulos, como lutadores que não ousam se aproximar um do outro. Mas era pelo outro que temíamos! Aquilo nos manteve por mais algum tempo impotentes e incólumes.

— Vou lhe contar tudo — disse Miles. — Quer dizer, vou lhe contar tudo que a senhora quiser. A senhora vai ficar comigo, e nós dois vamos ficar bem, e eu *vou*, sim, lhe contar... prometo. Mas não agora.

— Por que não agora?

Minha insistência fez com que ele me desse as costas e mais uma vez se postasse junto à janela, instituindo entre nós um silêncio em que teria sido possível ouvir a queda de um alfinete. No momento seguinte, estava diante de mim novamente, com o ar de uma pessoa que é aguardada lá fora por alguém a quem se faz necessário enfrentar.

— Preciso falar com Luke.

Eu ainda não o havia forçado a recorrer a uma mentira tão vulgar, e me senti proporcionalmente envergonhada. Por mais horrível que fosse, porém, suas mentiras constituíam a minha verdade. Dei, pensativa, mais alguns pontos em meu tricô.

— Está bem, então vá procurar o Luke e eu fico aqui à espera do que você prometeu. Só peço, em troca, que atenda, antes de me deixar, um pedido muito menor.

Sua expressão era a de quem julgava ter conquistado o direito de regatear um pouco.

— Muito menor...?

— Sim, nada mais que uma pequenina fração do todo. Me diga — ah, eu estava ocupada com meu trabalho, e como soei espontânea! — se por acaso, ontem à tarde, você pegou na mesa do vestíbulo a minha carta.

Capítulo 24

Minha percepção do modo como ele reagiu a esse questionamento sofreu, por um momento, algo que só posso descrever como uma feroz divisão da minha atenção — um golpe que, de início, quando de repente me levantei, me reduziu ao gesto cego de segurá-lo, puxá-lo na minha direção e, enquanto me escorava no móvel mais próximo, instintivamente mantê-lo virado de costas para a janela. Erguia-se à nossa frente a aparição que eu já tivera de enfrentar outra vez naquele mesmo lugar: Peter Quint surgira como uma sentinela à entrada de uma prisão. O que vi a seguir foi que, pelo lado de fora, ele havia alcançado a janela, e então constatei que, quase colado à vidraça e olhando através dela, ele mais uma vez oferecia à sala o semblante pálido e maldito. Não passaria de uma representação grosseira do que transcorreu em meu íntimo ao me defrontar com tal visão dizer que tomei naquele mesmo segundo minha decisão; creio, porém, que nunca uma mulher em tamanho desespero foi capaz de recuperar em tão pouco tempo seu controle sobre o *ato*. Ocorreu-me, em meio ao horror que me inspirava aquela presença próxima, que o ato consistiria, vendo e confrontando o que eu estava a ver e confrontar, em manter o menino alheio ao que acontecia. A inspiração — não posso chamá-la de outra coisa — residia no fato de que eu sentia que, de maneira voluntária e transcendente, *talvez* eu conseguisse. Era como lutar com um demônio por uma alma humana e, tão logo alcancei essa compreensão, vi como a alma humana — que eu segurava, no tremor de minhas mãos, com os braços estendidos — exibia um perfeito orvalho de suor recobrindo uma graciosa fronte infantil. O rosto próximo ao meu estava tão pálido quanto aquele grudado à vidraça, e dele por fim veio um som, nem baixo, nem fraco, mas que parecia provir de uma distância muito maior, e que sorvi como uma fragrância trazida pela brisa.

— Eu peguei, sim.

Ao ouvir isso, com um gemido de alegria, abracei-o, estreitei-o ainda mais contra mim e, enquanto o apertava contra o peito, onde podia sentir na súbita febre de seu corpinho a formidável palpitação de seu pequenino coração, mantive os olhos na coisa à janela e vi que ela se movia e mudava de postura. Comparei-a antes a uma sentinela, mas o círculo vagaroso que por um momento ela descreveu mais lembrava o rondar de uma fera aturdida. Minha coragem naquele momento, porém, estava de tal modo inflamada que, para não permitir que se manifestasse em excesso, tive que manter à sombra, por assim dizer, minha chama. Enquanto isso, o olhar enfurecido do rosto voltou à janela, o desgraçado imóvel como se estivesse à espreita. Foi a confiança de que eu agora poderia desafiá-lo, bem como a certeza definitiva, àquela altura, da falta de consciência da criança, que me fizeram prosseguir.

— Por que você a pegou?

— Para ver o que a senhora dizia sobre mim.

— Você abriu a carta?

— Abri.

Meu olhar, enquanto eu afrouxava um pouco o abraço, deslocara-se agora para o rosto de Miles, em que o desaparecimento do ar zombeteiro tornava evidente a que ponto a inquietude o devastava. A coisa prodigiosa era que, graças a meu sucesso, por fim seus sentidos haviam se fechado e sua comunicação cessara: ele sabia que estava na presença de algo, mas não sabia o que era, e muito menos que também eu estava enredada na mesma presença e tinha consciência disso. E que importância tinha um problema como esse se, tão logo voltei a vista para a janela, constatei que o ar havia se purificado e — graças a meu triunfo pessoal — a influência fora varrida? Não havia nada ali. Senti que a causa era minha, e que eu haveria de ganhar *todas*.

— E você não encontrou nada! — disse num arroubo de entusiasmo.

Com a carinha mais tristonha e pensativa do mundo, ele fez que não com a cabeça.

— Nada.

— Nada, nada! — Quase gritei de alegria.

— Nada, nada — repetiu ele, melancólico.

Beijei-lhe a testa; estava encharcada.

— E o que você fez com ela?

— Queimei.

— Queimou? — exclamei. Era agora ou nunca. — Foi isso que você fez no colégio?

Ah, o tanto que isso trazia à tona!

— No colégio?

— Você pegou cartas? Ou outras coisas?

— Outras coisas? — repetiu, parecendo pensar em algo distante e que só lhe chegava por meio da pressão de sua ansiedade. No entanto, chegou. — Se eu *roubei*?

Senti-me enrubescer até a raiz dos cabelos, e me questionei se o mais estranho era fazer tal pergunta a um cavalheiro ou vê-lo recorrer a evasivas que davam a exata medida de sua queda.

— Foi para que não pudesse mais voltar?

O único sentimento que demonstrou foi uma leve e desapontada surpresa.

— A senhora sabe que não posso mais voltar?

— Eu sei de tudo.

Ele me dirigiu, diante dessa afirmativa, um olhar bastante longo e bastante estranho.

— Tudo?

— Tudo. Portanto, diga-me de uma vez se...? — Mas não consegui pronunciar a palavra.

Miles conseguiu, de maneira muito simples:

— Não. Eu não roubei.

Meu rosto deve ter demonstrado que eu acreditava nele plenamente; minhas mãos, no entanto — embora por pura ternura —, sacudiam-no como se para lhe perguntar por que, se nada havia se passado, ele me condenara a meses de tormento.

— O que foi que você fez, então?

Com um vago ar de sofrimento e a cabeça erguida, Miles passeou a vista pelas paredes da sala e respirou duas ou três vezes, como se lhe fosse difícil encontrar a resposta. Era como se estivesse no fundo do mar, erguendo os olhos em direção a uma tênue luminosidade esverdeada.

— Bem... eu disse algumas coisas.

— Só isso?

— Para eles foi o bastante!

— Para expulsar você?

Nunca um aluno expulso tivera tão poucas explicações a dar quanto aquela pessoinha! Ele parecia pesar minha pergunta, mas de uma maneira bastante alheia e quase desamparada.

— Bom, acho que eu não devia ter dito aquelas coisas.

— Mas a quem as disse?

Ele deu mostras de tentar se lembrar, mas desistiu; perdera a resposta.

— Não sei!

Quase sorriu para mim em meio à desolação de sua rendição, a qual, de fato, era praticamente tão completa àquela altura que eu deveria ter deixado a coisa como estava. Mas eu estava obcecada — estava cega pela vitória, muito embora já naquele momento o efeito que deveria tê-lo aproximado de mim produzisse na verdade uma separação mais acentuada.

— Foi para todo mundo? — perguntei.

— Não; foi só para... — Ele meneou de leve a cabeça com uma expressão de desgosto. — Não lembro os nomes.

— Eram tantos assim?

— Não, só alguns. Aqueles de quem eu gostava.

Aqueles de quem ele gostava? Eu me sentia conduzida não rumo à claridade, e sim a uma escuridão ainda mais espessa, e em questão de instantes brotou de minha própria compaixão a constatação aterradora de que Miles talvez fosse inocente. A ideia, por um momento, me deixou confusa e abismada, pois se de fato ele o fosse, então o que isso faria *de mim*? Paralisada, enquanto esse momento durou, pela própria ideia da pergunta, soltei-o um pouco, de modo que, com um suspiro profundo, ele voltou a desviar o rosto de mim; o que, embora ele o tenha volvido diretamente para a janela vazia, não tentei impedir, sentindo que já não havia nada ali de que eu precisasse protegê-lo.

— E eles repetiram o que você disse? — prossegui após um momento.

Ele já estava a certa distância de mim, ainda respirando audivelmente e outra vez com o ar, embora agora sem se mostrar irritado com isso, de ser mantido em confinamento contra sua vontade. Uma vez mais, tal como fizera antes, começou a contemplar o dia cinzento como se, daquilo que até então o sustentara, nada restasse além de uma indescritível ansiedade.

— Ah, sim — respondeu assim mesmo. — Devem ter repetido. Para aqueles de quem *eles* gostavam — acrescentou.

Era, de algum modo, menos do que eu esperava; ainda assim, considerei aquilo.

— E essas coisas chegaram aos ouvidos...

— Dos professores? Ah, sim! — respondeu, com muita simplicidade. — Mas eu não imaginava que eles fossem contar.

— Os professores? Eles não contaram... não contaram nada. É por isso que estou perguntando a você.

Ele voltou para mim mais uma vez o lindo rostinho febril.

— Sim, era feio demais.

— Feio demais?

— O que eu andava dizendo, eu acho. Para pôr numa carta.

Sou incapaz de descrever o patético da contradição que havia na enunciação de tal fala por parte de tal falante; só sei que, no instante seguinte, ouvi-me exclamar com uma bruteza ríspida:

— Conversa-fiada! — Num segundo instante, porém, devo ter recobrado o tom austero: — Que coisas eram essas, afinal?

Minha severidade era toda dirigida a seu juiz, a seu carrasco; no entanto, seu efeito foi o de fazer com que Miles voltasse a me dar as costas, gesto que, por sua vez, fez com que *eu*, num único movimento e com um grito irreprimível, me atirasse sobre ele. Pois eis que, colado contra a vidraça, como se determinado a frustrar sua confissão e impedir sua resposta, lá estava outra vez o horrendo responsável por nosso sofrimento — o rosto pálido da maldição. Senti uma tontura mesclada de náusea ao ver que minha vitória desmoronava e toda a minha batalha recomeçava, de modo que a ferocidade de meu verdadeiro salto serviu apenas como uma grande traição. Vi, em pleno ato, o menino reagir com um esforço de adivinhação e, ao me dar conta de que mesmo naquele instante ele apenas adivinhava, e que a seus olhos a janela permanecia vazia, permiti que meu impulso se conflagrasse a fim de converter o auge da perplexidade dele na verdadeira prova de sua libertação.

— Basta, basta, basta! — gritei para meu visitante, enquanto tentava pressionar Miles contra o peito.

— Ela está *aqui*? — perguntou Miles, ofegante, enquanto seguia com os olhinhos impotentes a direção de minhas palavras. Então, como se aquele inesperado pronome tivesse me deixado a tal ponto aturdida que, com uma exclamação, eu o repetira como um eco, ele respondeu com uma fúria súbita: — A senhorita Jessel, a senhorita Jessel!

Compreendi, estupefata, sua suposição — uma espécie de repetição do que havíamos feito com Flora, mas isso só me fez querer mostrar a ele que a coisa era ainda melhor que aquilo.

— Não é a senhorita Jessel! Mas está na janela, bem diante de nós. Está *ali*, o monstro covarde, está ali pela última vez!

Ao ouvir isso, após um instante em que sua cabeça se moveu como a de um cão perplexo diante de um odor farejado e, em seguida, agitou-se num estremecimento frenético em busca de ar e luz, ele saltou sobre mim, lívido de raiva, atônito, relanceando em vão pela sala os olhos esgazeados e perfeitamente incapazes de enxergar, muito embora, para mim, ela agora preenchesse todo o ambiente feito um gosto de veneno, aquela presença vasta e avassaladora.

— É *ele*?

Eu estava tão decidida a obter todas as provas que me transformei em gelo para desafiá-lo.

— O que você quer dizer com *ele*?

— Peter Quint... seu demônio! — Seu rosto varreu novamente o aposento, num apelo convulsionado. — *Cadê*?

Ainda hoje ecoam em meus ouvidos sua enunciação suprema do nome e seu tributo a minha dedicação.

— Que importância tem ele agora, meu querido? Que importância ele jamais terá? Agora você é *meu* — lancei ao monstro —, e ele o perdeu para sempre! — Então, para demonstrar minha façanha, indiquei a Miles: — Olhe só, *olhe só*!

Porém ele já se desvencilhara de meus braços e encarava com insistência a janela, mas nada via além do dia tranquilo. Com o golpe da perda de que eu tanto me orgulhava, ele emitiu o grito de uma criatura lançada num abismo, e o modo como o tomei nos braços foi mesmo como se eu o tivesse apanhado em plena queda. Eu o apanhei, sim, e o envolvi num abraço — pode-se imaginar com que paixão; mas, ao fim de um minuto, comecei a me dar conta do que eu na verdade tinha nas mãos. Éramos as únicas presenças naquele dia tranquilo, e seu coraçãozinho, desoprimido, havia parado de bater.

Henry James (1843–1916) foi um dos grandes mestres da literatura, conhecido por sua escrita elegante e pela forma como mergulha nas emoções e nos conflitos internos de seus personagens. Nascido nos Estados Unidos e radicado na Europa, escreveu romances e contos que exploram contrastes entre culturas e classes sociais, além dos dilemas morais e psicológicos da sociedade moderna. Entre suas principais obras figuram *A volta do parafuso* e *Retrato de uma senhora*, que continuam fascinando leitores por sua complexidade e sutileza.

Leve grandes histórias

DADOS INTERNACIONAIS DE CATALOGAÇÃO NA PUBLICAÇÃO (CIP)

J27v

James, Henry

A volta do parafuso (coleção de bolso) / Henry James ;
traduzido por Daniel Turela Rodrigues. – Rio de Janeiro :
Antofágica, 2025. 208 p. ; 11,5 x 15,4 cm

Título original: *The turn of the screw*

•

ISBN: 978-65-51380-07-5

•

1. Literatura estadunidense. I. Rodrigues, Daniel Turela.
II. Título.

CDD: 813.4 CDU: 821.111

André Felipe de Moraes Queiroz – Bibliotecário – CRB-4/2242

Antofágica

prefeitura@antofagica.com.br
instagram.com/antofagica
youtube.com/antofagica
Rio de Janeiro — RJ

Cuidado para não se perder por aí

Acesse os textos complementares a esta edição.
Aponte a câmera do seu celular para o QR CODE abaixo.

NENHUMA GOVERNANTA OU
APARIÇÃO FOI CAPAZ DE DETER
A IPSIS DE TRABALHAR NESTE
LIVRO COMPOSTO EM

Sentinel
Graphik

— EM PAPEL —

Pólen Bold 70g

Agosto 2025